映画ノベライズ
ブレイブ
記

星徳学院高校　登場人物紹介

運動において驚異的なポテンシャルを持つが、大会や優勝に興味がない。引っ込み思案で歴史オタク。

全国弓道選抜大会個人4位。
蒼、考太とは幼馴染。男勝りな性格。

全国剣道選抜大会個人優勝。
剣道部主将で、リーダーシップがある。

科学部
吉元萬次郎
[演：濱田龍臣]

国際科学オリンピック金メダル。
頭脳明晰だが、性格に難あり。

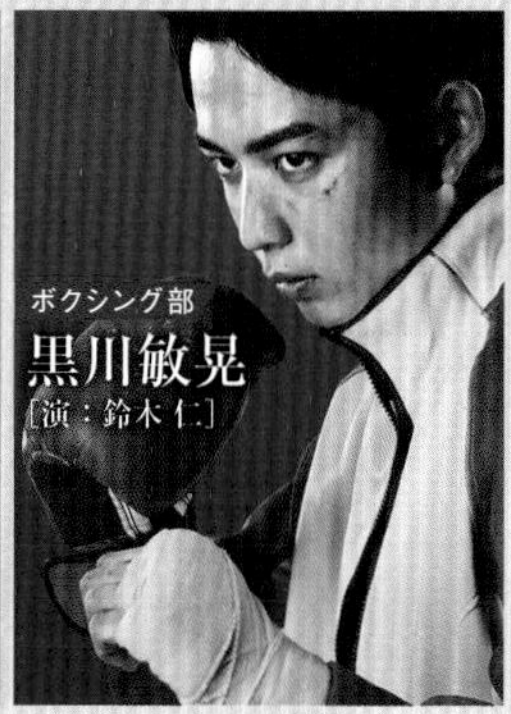

ボクシング部
黒川敏晃
[演：鈴木仁]

ライト級・インターハイ優勝。
クールキャラだが、彼女の前では弱い。

空手部
相良煉
[演：福山翔大]

選抜大会個人空手優勝。
単細胞で好戦的な性格。

フェンシング部
成瀬勇太
[演：飯島寛騎]

インターハイサーブル準優勝。
“超”ナルシスト。

アメリカンフットボール部
高橋鉄男
[演：長田拓郎]

選手権大会優勝。
アメフト部主将。猪突猛進で熱い男。

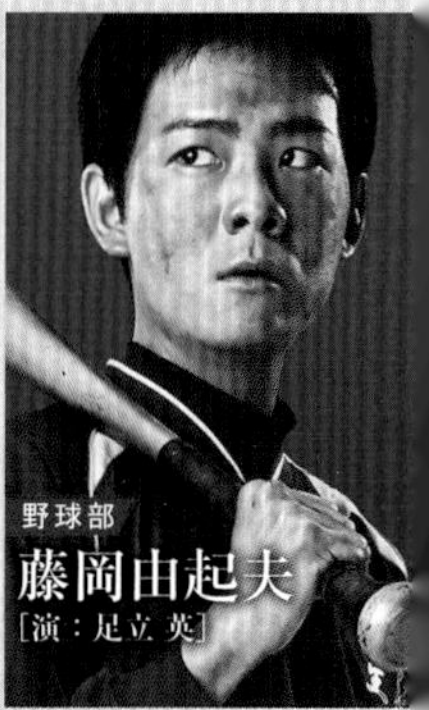

野球部
藤岡由起夫
[演：足立英]

甲子園ベスト4。
涙もろい性格。

不破瑠衣
[演：渡邊圭祐]
先に戦国時代にタイムスリップしていた先輩。
歴史の操作を目論む。

集英社オレンジ文庫

映画ノベライズ

ブレイブ －群青戦記－

せひらあやみ
原作／笠原真樹

本書は、映画「ブレイブ -群青戦記-」の脚本（山浦雅大・山本　透）に基づき、書き下ろされています。

目次

自分自身を信じてみるだけでいい。
きっと、生きる道が見えてくる。
——ヨハン・ヴォルフガング・フォン・ゲーテ

プロローグ

それは、一年前のことだった。

事件の舞台となった星徳《せいとく》学院高校の屋上に、一人の生徒が立っていた。今にも大嵐が起きそうだというのに、身じろぎもせず、その少年は、じっと空を見上げている。


――彼の名は、不破瑠衣《ふわるい》。


綺麗《きれい》に真ん中で分けた長い黒髪の下には、女性的で整った美しい顔立ちが隠れている。だが、その怜悧《れいり》な目には、年齢に見合わない残酷《ざんこく》で冷たい光が宿っていた。そして、その背中には、長い柄《え》を持った棒状のものがくくりつけられている。

夕暮れの薄明かりの中、不破の目が見下ろしているのは、彼が通う高校の中庭だった。校舎に囲まれたその中庭には、高校の敷地には似つかわしくない、奇妙な形をした巨岩があった。注連縄《しめなわ》の巻かれた、ゴツゴツとしたその巨大な黒い岩は――どこかの神社のご神体のようにも見える。それは、かなり昔からそこにあったという、未知の力を秘めた『霊石《れいせき》』と呼ばれる岩だった。

その霊石からは、かすかにオーロラのような不思議な偏光があふれ出ていた。不破は、霊石を見下ろし、なにかを待っているようだった。

「……」

雷鳴が、激しく轟《とどろ》く。ふいに、彼は、これから旅行にでも出かけるような大きな荷物を肩にかけた。そして、腕時計を眺めて時刻を確認すると、踵《きびす》を返して走り出した。屋上の遥《はる》か下、――霊石へと向けて。

謎めいたその少年は、ためらいもなく、中庭へと飛び降りてしまった。

……だが、その瞬間だった。

ふいに稲妻が光り、霊石から放たれる輝きが一層強さを増した。

すると、なんとしたことだろうか。

不破の身体《からだ》は、霊石に叩きつけられる前に、その真上でふわりと浮いた。そして、ゆっくりと宙へ浮かび上がると――。

……やがて、霊石が放つ光の彼方《かなた》へと、消え去った。

第一章

争乱

真冬の弓道場は、ひどく冷える。

まだ年が明けたばかりの一月のことだから、なおのことだ。

けれど、弓道着に身を納めた西野蒼《にしのあおい》の手は、一切震えることがなかった。何十メートルも先の的《まと》をまっすぐに見据え、蒼は集中力を研ぎ澄ませた。

弓道に向き合っている時だけは、現実を置き去りにして、自分だけの世界に没頭することができる。放つ瞬間にはもう、『中《あた》る』かどうか、はっきりと結果がわかった。

（……ほら）

蒼が予想した通りだった。蒼の弓から放たれた矢は、数十メートルも離れた的のど真ん中に突き刺さった。まだ、的を射抜いた矢がしなっている。

次の矢を弓につがえ、蒼は再び的を狙った。

その隣に並び、同じように的を狙う弓道着の少女がいた。

瀬野遥《せのはるか》だ。

真っ白な上衣に、黒袴《くろばかま》。黒く長い髪を高く結い上げた彼女は、芯の強そうな瞳で、まっすぐに的を狙っている。胸当てに包まれた胸もとをぐっと張り、遥も蒼に続いて矢を放った。矢が的を射る小気味よい音が、連続して響く。

蒼が矢立箱《やたてばこ》に次の矢を取りに向かうと、そこで遥とかち合った。遥は、連続して的中した蒼に、こう話しかけてきた。

「……なんでその力、試合で出ないのかな」

呆《あき》れたように、そして、少しだけ残念そうに、遥はため息をついた。蒼は遥の顔を見て、こう言い返した。

「出ないんじゃなくて、出さないいんだよ」

「なにそれ？　……本気出せば、余裕で優勝できるのにさ」

「別に、興味ない」

これは本心だった。

蒼や遥の通うこの星徳《せいとく》学院高校は、文武両道を目指し、学業やスポーツで素晴らしい成績を収める生徒ばかりを集めた高校だ。この弓道部も同様で、部内でトップともなれば、全国でも相当上位に食い込むはずだ。

けれど、全国大会だとか、好成績だとかということに、蒼は興味が持てないでいた。そういう高みを目指してやる気を出すことが、蒼にはどうしてもできなかった。目立つのが嫌いというのもあったし、面倒くさくもあった。

実力はあるのに、それを見せようとしない。そんな蒼を歯がゆそうに見つめ、遥は、まるで説教でもするみたいにこう言った。

「蒼はさ。もっとこう、がっつくとか、やってやろう！　……みたいな気持ちには、なんないわけ？」

「『及ばざるは、過《す》ぎたるより勝れり』。……って、徳川家康《とくがわいえやす》が言ってる」

「出たぁ、歴史バカ。……まじめに言ってんだけど」

遥は、苦笑してそう言った。

けれど、遥の言う通りだった。蒼は、昔から無類の歴史好きだ。激動の戦国時代が特にお気に入りで、当時の地名はもちろんのこと、武将の名前や合戦の起きた年代など、あらゆることが頭に入っていた。

ある理由から剣道をやめた時、次に志《こころざ》すものを弓道に決めたのも、戦国時代好きから高じたものだった。

銃の伝来とともに、戦闘兵器としての弓の役目は終わった。歴史の転換点を経験したこの技術が、どのように人の手の中で輝き、使われ、そして、武道として後々の世まで残っていったのかを知りたかったのだ。

……もちろん、それはちょっと格好つけた理由で、剣道で着慣れた真っ白な道着をまた着られるからとか、礼法の部分で剣道と通じるところもあるから一から新しい競技を始めるよりは楽だと思ったとか、そういう動機も少なからずあった。

蒼に影響されて弓道を始めたくせに、今はすっかり引けをとらないほどに上達した遥に、蒼はツンと澄ましてこう答えた。

「まじめに興味ないの。大会とか……、優勝とか」

一生懸命だとか熱血だとか、バカみたいだ。それに、大会を真剣に目指したりして、それでダメだったら、格好悪くてまわりに合わせる顔がない。幼馴染《おさななじ》みの遥が、全国大会でもかなりいいところまでいくのだから、なおさらだ。

蒼は矢を持って、射場《しゃじょう》に戻った。そんな蒼の背中を、遥はため息をついて見送った。

すると、その時だった。

部活の終了時刻を告げる、時計台の鐘――運命を告げる鐘が、校内に鳴り響いた。


この星徳学院高校には、あらゆる最新の施設が揃《そろ》っている。中でも有名なのが、巨大な時計台だ。この時計台は凝《こ》った造りをしていて、生徒たちにも人気があった。

時計台の他にも、立派な校舎が何棟も建てられ、いくつもの渡り廊下がそれをつないでいる。文武両道を掲げていることもあって、体育館やテニスコートなどの運動施設も充実していたし、科学部などのレベルも高く、そういった文化部のための特殊教室も無数にあった。

高校は周辺を住宅街に囲まれており、近所には歴史に残るような名跡も多い。

学校柄、校内では全国でもちょっとした有名人たちが普通に廊下を歩いていたりするし、『全国大会優勝』『個人戦優勝』なんていう華々しい賞状やらトロフィーやら盾《たて》やらも、そこら中にギッシリと飾られている。

蒼だって、試合で結果こそ出していないものの、弓道はかなりの腕前だし、日本史の成績も立派なものだ。まわりと比べなければ、そう悪くないはずなのだが、スーパースターにばかり囲まれていると、どうしても覇気《はき》に欠けてしまうのだ。

深くため息を吐いて、蒼は、暮れていく夕空を見つめた。空には、厚い黒雲が垂れ込めている。道理で、いやに薄暗いわけだ。

——その時だった。突如《とつじょ》として、空高くに閃光《せんこう》が走った。稲光だ。次いで、恐ろしいほどに大きな雷鳴が、学校全体に轟《とどろ》き渡る。

「！」

驚いて、蒼は思わず身をのけ反らせた。雷鳴が収まったあとで目を開いてみると、蒼の視線の先には、一年前に行方不明になった生徒の情報提供を求める貼り紙があった。その生徒の名前は——不破瑠衣《ふわるい》。

「……？」

一瞬、なぜだか不穏な予感が走る。

だが、蒼はすぐにその貼り紙から目を離した。

再び、強烈な稲光が走った。落雷だろうか──中庭の方だ。その異様な雷鳴に、蒼は、遥とともに、ただ呆然《ぼうぜん》と立ちすくんでいた。


──雷が落ちたのは、やはり中庭だった。まだ校内に残っている生徒たちは、混乱して右往左往していた。木の柵に囲われた、中庭にある注連縄《しめなわ》の張られた巨大な霊石《れいせき》からは、白い煙がもくもくと上がっていた。

「……け、煙出てるっ！」

「煙!?」

「だ、大丈夫……!?」

中庭にいる生徒たちが、口々に声を上げた。どうやら、今の雷は、あの霊石に落ちたらしい。見上げるほどに巨大な霊石からは、今もなお煙が昇り、注連縄は激しく焦げていた。

すぐに、雨も降ってくる。

……だが、どうしたことだろうか。

その雨は——鮮血のような、赤い色をしていた。

あっという間に不吉な赤色をした雨は強まり、叩きつけるように激しくなった。焼け焦げ、なにかを封じていたかのような霊石の注連縄が、大雨の勢いに負け、千切れて地面に落ちた……。


騒ぎと混乱は、校内のあらゆる場所へ及んでいた。剣道場では、剣道部員たちが激しい打ち込み稽古《げいこ》に励んでいた。全国大会でも屈指の成績を誇る剣道部員たちを率いているのは、部長の松本考太《まつもとこうた》だった。

蒼や遥とも仲のいい考太は、全国選抜大会の個人戦で優勝経験があった。頭もよく、日常生活でも判断が正確で素早い彼は、このエリート揃いの星徳学院高校でも一目置かれ、頼りにされる存在だった。

異常な天候に気づいた考太は、大急ぎで面具を外し、窓辺へと向かった。窓の外を確認した考太は、大きく目を見開いた。

外では、雷鳴が響き、赤い雨が降り続いている。窓は、瞬《またた》く間に雨で真っ赤に染まっていった。なにか、恐ろしいほどの異常事態が、この学校に起きようとしている。呆然としながら、考太はこう呟《つぶや》いた。

「なんだよ……、この雨は……！」

弓道部とは別方向にあるテニスコートでもまた、赤い雨が起こす靄《もや》が湧き始めていた。不吉な色をした雨と靄を避けようと、女子テニス部の少女たちは急いで屋根の下へと駆け込んだ。

仲間の少女たちに囲まれながら、いつもならば奔放《ほんぽう》で明るく、可愛《かわい》らしい容貌《ようぼう》をした小池翔子《こいけしょうこ》は、おそるおそる屋根の外へと手を伸ばした。翔子の手の平には、真っ赤な雨粒が載った。――まるで、鮮血そのものだ。

ぎょっとして、翔子は小さな悲鳴のように呟いた。

「うわっ……。生あったかい……」

星徳学院高校でも一番広い面積を持つメインのグラウンドでは、さらなる異常が起こっていた。地中から、突然蟬《せみ》の幼虫が無数に這《は》い出してきたのだ。――まだ、夏にはほど遠い、一月だというのに。

誰も彼もが、気味の悪い光景を呆然と見つめていた。

「気持ち悪っ……」

蟬の幼虫は中庭や弓道場のまわりからも次々と現れ、校内に生えている木に登り、羽化《うか》していった。やがて、耳にうるさいほどの蟬の鳴き声が学校中に響き始めた。

――蒼はまだ、遥や他の部員たちと一緒に、弓道場にいた。遥は、蟬の群れを見つめて、こう呟いた。

「なんで……？　一月に、蟬……？」

射場のそばに生えている木々でも、恐ろしい数の蟬が羽化し、鳴き声を立てている。真冬だというのに、まるっきり蟬時雨《せみしぐれ》そのものだ。蒼たちが見ている目の前で、鳴き終えた蟬は絶命し、どんどん地面に転がっていった。……続々、死んでいった。

「……」

まるで、時間の流れがおかしくなってしまったかのような光景だった。

為《な》す術《すべ》もなく、蒼たちはただ呆気《あっけ》に取られていた。

今や、学校中に正体不明の赤い靄が立ち込め始めていた。赤い靄は、学校を覆《おお》うようにして、時とともに濃くなっていった。

サッカーコートや野球のフィールドまでもが備えられた広大なメインのグラウンドには、特に濃く靄が立ち込めていた。

なにが起きているのか――まだ誰にもわかっていなかった。

「……」

動揺が広がる中、靄の向こうに広がっていた街の景色が判然としなくなり、不気味に揺らぎ始めた。……一瞬にして、街や道路は溶けるように消えて、代わりに、幻覚のように深く険しい森が現れた。

その深い森を見つめ、練習中だった運動部員たちが、何人も棒立ちになっていた。

「おかしいよ……！　なに、これ!?」

「あれ、なんだよ……」

生徒たちが、口々に叫ぶ。

星徳学院高校のグラウンドを境界に、向こう側にあったはずの街の景色は、もう完全に消えていた。今目の前にあるのは、夕暮れの薄闇《うすやみ》を飲み込むほどに暗く鬱蒼《うっそう》とした、人の手が入っているとは思えないような、深い深い森だった。

今もなお、濃い赤い靄はグラウンドを覆っている。

その時だった。

「えっ……？」

ふいに、誰かがそう呟き、学校の敷地の外を指差した。

赤い靄は、学校の敷地を越え、森の中にまで広がっている。その赤い靄が漂う険しい森の中から、亡霊のように、ボロボロの服を身にまとった不気味な男たちが現れたのだ。すぐに、男たちの呻《うめ》くような声も響いてきた。

「ううう……！」

「おぉぉ……っ」

いつの間にか靄からは赤みが消え、普通の雨のあとにかかるような白い霞へと変わっていた。やがて、その靄も消え、何人もの人影がはっきりと見えてきた。靄から現れた男たちを見て、生徒たちは絶句した。

その泥だらけのみすぼらしい男たちは、まるで――時代劇の撮影か、それとも大昔からタイムスリップしてきたかのような姿をしていた。

薄汚れて年季の入ったボロボロの着物を身につけ、刀や斧《おの》や槍《やり》を手に持ち、中には丁髷《ちょんまげ》のように髪を結っている者や、ボサボサの髪を頭のてっぺんで一つにまとめている者もいる。いわゆる具足《ぐそく》と呼ばれるような、粗末な胸当てや膝当《ひざあ》てのような鎧《よろい》をつけている者もいた。

けれど、どれもこれも土と埃《ほこり》に汚れ、端々《はしばし》が千切れていた。……とてもドラマのために用意された衣装とは思えなかった。

生徒たちには、『武士か、あるいは侍のような男たち』か、せいぜい『足軽』というくらいにしか推測はできなかった。

……けれど、現れた男たちは、正式な武士ではなかった。

『野伏《のぶせ》』、あるいは『野武士』と呼ばれる者たちだ。

野武士とは、武士とは違い、決まった主人を持たず、合戦のあとに負けて逃げ出した落ち武者たちを襲い、その首や刀や防具を奪って金にする者たちのことをいう。公的な秩序に組み込まれた存在ではないため、規律や矜持《きょうじ》を重んじることがなく、それだけに危険な存在だった。

星徳学院高校のグラウンドに足を踏み入れた野武士の集団は、すでに血に飢《う》えたように猛《たけ》り、不気味な唸《うな》り声を上げていた。彼ら野武士の集団は、星徳学院の高校生たちの目には、とても同じ人間には見えなかった。

――なにが起きているのか、そして、これからなにが起きようとしているのか。今校内にいる高校生たちの中で、理解できている者は誰一人いなかった。

その中で、運悪く野武士たちにもっとも近いところに立っていたサッカー部の少年は、近づいてくる彼らに、為す術もなく棒立ちになっていた。

「え……、なに……?」

次の瞬間だった。

一瞬にして、その少年の首は野武士の刀によって刎《は》ねられた。血飛沫《しぶき》が散り、少年の首がゆっくりと落ちる。……ようやく生命の危機にさらされていることを察した生徒たちは、大きな悲鳴を上げた。

「きゃあああぁぁ――!」

「うわあぁぁ!!」

突然仲間を殺されたサッカー部員たちを筆頭に、グラウンドで活動している運動部の部員たちは、瞬く間に大混乱となった。

「わっ、わっ……!」

「早く、逃げろ!!」

初めから殺すことを目的にしている野武士たちと、突如として異常事態に放り込まれた高校生たちでは、勝負にならなかった。

悲鳴を上げて逃げ惑う少年少女たちに向かって、不揃いの甲冑《かっちゅう》に身を包んだ野武士たちが、奇声を上げて駆け抜けていく。その途上で、あっという間にたくさんの生徒たちが、野武士たちの刃《やいば》の犠牲となった。

「ひぃ！」

「ぎゃあ――!!」

野武士たちの持っている刀や斧や槍が次々と乱暴に振るわれ、グラウンドに立っている生徒の数は、みるみるうちに減っていった。

グラウンドから一番近い校舎にある職員室から、異常を察した教師たちが飛び出してきた。

「――警察呼んで！」

「早くっ！　生徒たちを!!」

血飛沫と悲鳴に満ちているグラウンドへ、生徒たちを助けようと男性教師が急いで走ろうとした。

だが、遅かった。教師たちが予想した以上に、この学校になだれ込んできた野武士たちの数は多かった。校舎の廊下に並ぶ窓ガラスが、次々と割られていく。迎え撃つ準備をする暇もなく、野武士たちの一団が校内に侵入してきた。

まるで、職員室の位置をあらかじめ誰かに聞いて知っていたかのように、野武士たちは、まっすぐに、この校内に残っている大人たちに向かって、激しく襲いかかってきた。

「う、うわあ！」

「ぎゃっ……！」

野武士たちはみな武器を持っているが、教師たちがそんなものを持っているはずはなかった。すぐにも廊下で右往左往していた丸腰の教師たちは襲われ、恐ろしいほどの血の惨《さん》劇《げき》が続いた。教師たちは、あっという間にみな殺しにされてしまった。

校内の蹂躙《じゅうりん》はなおも続いた。昇降口から逃げ出そうとしていた生徒たちも、野武士たちの標的になっていた。下駄箱の陰《かげ》に隠れた女子生徒がスマホを必死に操作していたが、外部に連絡をつなぐことはできなかった。

「つながんない！　なんで……!?」

その女子生徒は幾度もスマホを叩いたが、徒労に終わった。すぐそばから他の女子の悲鳴が響き、スマホを摑《つか》んだまま、彼女はぎょっと目を見開いた。すでに、昇降口にも無数の野武士が入り込んでいた。野武士は彼女を捕まえ、無情にも斧を何度も振り下ろした。

混乱が頂点に達し、正常な判断がつかなくなってしまったのだろう。逃げようともせず、その現実とは思えないような凄惨《せいさん》な光景を、眼鏡をかけた男子生徒が物陰からスマホで撮影していた。

「すげえ……！」

野武士の一人がそれを見つけ、鎌《かま》を振り下ろした。男子生徒は絶叫《ぜっきょう》し、そのまま、野武士の振り下ろした鎌の餌食《えじき》となった。

……まだ日も暮れきらない中、校内に残っている生存者は、どんどんその数を減らしていった。生徒たちのほとんどは、ただ、逃げたり隠れたりすることしかできなかった。


蒼と遥も、もうすでに、校内に起きた異常に気づいていた。

弓道場を飛び出した二人は、なんとかして校内から出ようと逃げ惑っていた。どうにかして中庭にまでたどり着くと、野武士たちが生徒を襲っている異様な光景を目の当《ま》たりにし、唖然《あぜん》となった。

「……なんなんだよ、これ!?」

　すると蒼と遥に向けて、獣《けもの》のような唸り声を上げた野武士が襲いかかってきた。その手の中で、刃物がきらりとひらめく。少し小ぶりだが、それは斧のような形をしていた。咄嗟《とっさ》に左手で自分を庇《かば》ってしまった蒼は、その手を鋭く斬りつけられた。

「蒼っ！」

　蒼を連れて逃げようと、遥がすぐに蒼を促《うなが》して走り出した。けれど、あっという間に別の野武士が現れ、蒼と遥の逃げ道をふさぐように立ちはだかった。

「!!」

　蒼は、自分を取り囲んでいる斧を持った男たちを、思わずじっと見つめた。

　この時の蒼に、襲撃者たちが野武士だという確信はなかった。だが、蒼は、無意識に思考と知識をめぐらせ、こう思った。

（……この男たちは、こういう入り乱れたゲリラ戦やふい打ちに慣れている！）

　蒼は、固唾《かたず》を呑《の》んだ。野武士たちの姿を見て、それと判断できるだけの知識と頭脳が蒼にはあった。……けれど、今の混乱状態では、それ以上冷静に状況を考えるだけの余裕がなかった。

　すぐに、野武士の一人が叫び声を上げてこちらへ襲いかかってくる。斧の刃が、勢いよく振り下ろされた。

「っ！」

蒼は、思わず目を瞑《つむ》った。だが、次の瞬間だった。

「やあ——‼」

激しく気合いの声が響き、斧を持った野武士の背後から、硬い木刀が鋭く振り下ろされた。木刀がぶつかる打撲音が鳴り、野武士は気絶して崩れ落ちた。すると、そこに見知った顔が現れた。

剣道部主将、——松本考太だ。

蒼と遥は、友達の顔を見て思わずホッとした。考太と蒼たち三人は、小さな頃からの付き合いで、仲の良い幼馴染みだった。特に、この考太は、昔から責任感が強く判断力があった。だから、いつも蒼たちのリーダーのような存在だった。

考太は、剣道が恐ろしく強い。蒼にとっては一番の親友であり、また、憧《あこが》れと尊敬の対象でもあった。考太の顔を見ただけで危険が遠のいた気がして、蒼は思わず親友の名前を呼んだ。

「考太ぁっ……！」

「逃げるぞ！」

さすがに考太は判断が速い。考太は、すぐに蒼と遥に退路を示した。

「こっちだ！　……やあ――っ!!」

先頭を駆けながら、立ちはだかってきた野武士を、考太は木刀で払いのけた。考太が振るう木刀は凄《すさ》まじく鋭く、吹っ飛ぶように倒れた野武士は、完全に気を失っていた。

考太が切り開いてくれた逃げ道を、蒼たちは急いで走り抜けた。

中庭から渡り廊下へと走り込んで、なんとか校舎の中へと駆け戻ると、三人は手近の教室に入った。三人全員が教室に入り込んだことを確認すると、すかさず考太がドアの鍵を閉める。思わず、蒼は大きな息を吐いた。

ここで、助けが来るまで隠れることはできるだろうか……？

考太が助けてくれたことに礼を言う余裕もないまま、蒼は、教室の隅《すみ》に座り込んだ。直後、グラウンドの方からまた悲鳴が響く。

「！」

ぎょっとして、蒼は身をすくめた。

また、誰かが殺されたのだろうか？　ついさっきまで、普通に高校生活を送っていた、同じ高校の誰かが……。

けれど、動揺している蒼とは裏腹に、考太はすぐにも窓辺へ近寄り、野武士による襲撃が続いている外の様子を確認した。考太は、じっとメイングラウンドをにらみながら、唇を嚙《か》んだ。

「なんなんだよ、あいつら……！」

しかし、蒼には、他人を気にする余裕なんかなかった。教室の片隅に座り込んでブルブル震えていると、隣に来た遥がこう声をかけてきた。

「蒼！　血が出てる……」

遥に震え声でそう言われ、蒼は自分の手を見た。さっき、野武士に斬りつけられた傷だ。あまりの状況に、痛みを感じる余裕もなくて、すっかり忘れていた。血が流れ出ている。今になって、ジンジンと傷が痛み出した。

「大丈夫。……そんなに、深くないから」

「大丈夫じゃない」

遥はそう首を振ると、弓道の時にいつも使っている、朝顔の柄が入った手拭《てぬぐ》いを取り出し、蒼の傷にきゅっと巻きつけた。しっかりと縛って血止めしてもらうと、痛みが少し和《やわ》らいだ。

「……ありがと」

「うん……」

蒼の手から流れていた血が止まったのを見て、安心したように遥が頷《うなず》いた。

だが、その時だった。突然、教室の窓に無数の野武士たちがビッシリと張りついてきた。見つかったのだ。蒼は、大きく息を呑んだ。

「!!」

直後、廊下側のドアが蹴破《けやぶ》られ、別の野武士たちが乱入してきた。

「うおぉりゃあ!!」

奇声を上げて、野武士たちはこちらに襲いかかってきた。

「……くっ！」

逸《いち》早く状況を察した考太が、すぐにも野武士たちに向かって教卓を思いっきり蹴倒し、教科書を投げつけた。考太が作ってくれた隙《すき》を衝《つ》き、蒼と遥も急いで逃げ出した。外に集まっていた野武士たちも、窓ガラスを割って教室に雪崩《なだ》れ込んできた。

「逃げろっ！」

考太は、蒼と遥を守りながら、最後尾についた。三人は、全速力で廊下を走った。

一方、グラウンドでは、今なお殺戮《さつりく》が続いていた。さっきまで部活の片づけをしていた野球部員たちが、野武士たちに追いかけられ、逃げ惑いながらも、次々と無残に斬りつけられていく。今もまた、逃げようと駆け抜けた野球部の少年が、――黒い柄《え》を持つ巨大な十文字槍によって身体《からだ》を貫かれた。

「うぅっ……!!」

絶命した少年の背中から、十文字槍がゆっくりと抜かれた。これまでも何度も人を殺害してきたことがはっきりとわかる恐ろしい刃に、少年の血が伝う。

十文字槍を無抵抗の少年に突き刺したのは、黒馬に乗った男だった。禍々《まがまが》しいオーラを放つ漆黒《しっこく》の鎧兜《かぶと》を全身にまとい、顔は頬当《ほお》てと呼ばれる不気味な黒い面具で覆われている。

眼光すらも黒い頬当てに伏せ、十文字槍の男は校舎を見つめた。

――『簗田政綱《やなだまさつな》』と周囲に名乗るこの男は、まわりの野武士たちからは異彩を放っていた。

同じ頃、蒼たちはなんとか廊下から外へと脱出することに成功し、必死に走っていた。

そのあとを、無数の野武士たちが追ってくる。

けれど、体力にも限界がある。このままでは、いずれ追い詰められてやられてしまうのは目に見えていた。

すると、三人の先頭を走っていた考太が、振り返ってこう叫んだ。

「蒼！　なにか武器持ってこい！」

「え……っ!?」

「ここは、俺が食い止める！」

ふいに、考太が、蒼たちを守るように踵《きびす》を返した。考太は勇敢に木刀を構え、野武士たちの前に立ちはだかった。

「グラウンド集合な！」

「えっ……」

野武士たちと対峙《たいじ》して戦うその後ろ姿を見て、蒼は思わず立ち止まった。

「面──っ!!」

考太はもう蒼たちには構わず、気合いの声を上げ、襲いかかってきた最初の野武士へと向かった。

「蒼っ！　行こう!!」

動揺している蒼の手を強く取り、遥は、有無を言わさず駆け出した。

なんとか頭を切り替え、蒼は、遥とともに急いで弓道場へと向かった。弓道場には、使い慣れた弓も矢もたっぷりある。それに、弓矢ならば、敵から距離を取って戦うことができる。きっと、考太を助けることができるはずだ。

けれど――。弓道場に飛び込んだ蒼と遥は、すぐに絶句することとなった。弓道場には、血まみれの部員たちが倒れていたのだ。誰も彼もが深い傷を負っており、絶命しているのは一目瞭然だった。

「嫌ぁ……っ！」

遥が、悲痛な悲鳴を上げた。

ずっと一緒に弓道に励んできた仲間たちだ。倒れている状態でも、誰が誰だかわかる。みんな、蒼と遥が弓道場を出たあとに襲われ、殺されてしまったのだ。

遥は、倒れている弓道部員たちのもとへと駆け寄った。けれど、弓道場のすぐ外から、また騒ぎの音が聞こえた。嘆き悲しんでいる余裕はなかった。遥は、急いで弓と矢を集め始めた。動揺しながらも、蒼も落ちている弓を拾った。

「蒼っ……！　あいつら、なんなの……っ!?」

声を震わせながら、矢を集めている遥が蒼にそう尋《たず》ねた。それは、蒼もずっと考えていたことだった。蒼は、眉間《みけん》の皺《しわ》を深く寄せた。

弓と矢を握り締め、蒼は遥にこう答えた。

「……何者かは、わからないけど。身に着けてた甲冑は……、戦国時代のものだと思う」

「……戦国、時代……？」

弓矢を取り落とし、遥が呆然と蒼を見た。

確かに、この星徳学院高校を襲っている集団は、過去の日本に存在した野武士と呼ばれる者たちによく似ている。けれど、そんなことを現実的に考えられる者は、戦国時代について深い知識を持つ蒼以外にいなかった。

混乱している生徒たちの中で、蒼が初めて、敵の正体に気づき始めたのだった。

矢を集めながらも、蒼は、眉根を深く寄せたまま、必死に考え続けていた。

＊＊＊

ちょうど同じ頃、星徳学院高校の校舎へ向かって走る、騎馬武者たちの一団があった。

雄々《おお》しい真っ赤な甲冑と、錦《にしき》の陣羽織に身を包んだ若武者が、騎馬武者たちの先頭を走り、荒野を駆け抜けていく。

この名馬に乗った若武者こそが、深紅《しんく》の騎馬一団の棟梁《とうりょう》だった。

麗《うるわ》しい若武者――この『松平元康《まつだいらもとやす》』が異変について報告を受けたのは、蒼たちのいる星徳学院高校へ彼が向かうことになった、少し前のことだった。

「――殿《との》！」

荒野に敷かれた陣中へと入っていくこの元康に向けて、口髭《ひげ》を生やしたひと際屈強な鎧武者がそう呼びかけた。けれど、まだ若く血気盛んな元康に、止まる様子はない。

髭の鎧武者は、名前を『本多正信《ほんだまさのぶ》』という。正信は、主君である元康のあとを追いながら、こう報告した。

「物見からの報告では、丸根砦《まるねとりで》にいる織田《おだ》の兵は、およそ五百！」

「ほう……。大層な備えじゃ」

ようやく振り返ると、元康は正信にそう答えた。若さの中にも鋭さを秘めた、凜々《りり》しく美しい顔立ちには、誰もが一瞬目を惹《ひ》かれる。しかし、その眼光は鋭く、彼の並々ならぬ聡明《そうめい》さがはっきりと表れていた。黒々とした髪を後ろで束ねたその若武者は、まっすぐな瞳で側近を見つめ返した。

この時、元康はまだ十八歳の若者にすぎなかった。だが、すでに、松平家の当主を務めている。凜々しい風格と威厳を兼ね備えたこの元康を、家臣の正信は心から慕っていた。

その正信が続けた。

「今川《いまがわ》様から、早々に大高城《おおだかじょう》に向かうよう、催促がきておりますが」

「……簡単に言ってくれるのう」

松平軍の陣幕の中に入り込んだ元康は、不敵に微笑《ほほえ》んでそう言った。

松平家は今、駿河《するが》・遠江《とおとうみ》・三河《みかわ》という広大な領地を持つ、名門今川家に従属している。

今川家は、尾張《おわり》を支配している織田家と交戦状態にあるのだ。つまりは、この元康にとっても、織田信長《のぶなが》率いる織田家は敵である。

といっても、この時の織田家は、今川家に比べれば弱小大名もいいところだ。中央であり足利《あしかが》将軍のおわす京都を目指し、さらなる上昇を狙う今川家としては、大きな損失を出さずに倒してしまいたい相手ということになる。

だから、今川家でも最近従属したばかりの元康に、織田家の領地である尾張攻めの難所を押しつけたいのだ。

聡明な元康には、もちろん今川家の目論見などはっきりと読めていた。

だからこそ、不敵に微笑んだのだ。

今はまだ、従属の身に甘んじているとはいえ、真っ赤な揃いの甲冑に身を包んだ松平家の重臣たちは切れ者揃いだ。この松平家陣中も、見る目のある者が見れば、その強さを悟って驚くような猛々《たけだけ》しい武者ばかりが居並んでいる。

中でも、当主であるこの若き元康の瞳の輝きは、抜きん出るものがあった。遥《はる》か先を見据えるようなその美しい瞳は、家臣のみならず、目にした人々を魅了せずにはいられなかった。

その未来あふれる松平家陣中に、『使番《つかいばん》』を務める者が現れた。使番とは、戦場において、伝令や、敵軍への使者などを務める役職の者たちのことをいう。

使番は、元康の前に平伏し、叫んだ。

「申し上げます。横根郷《よこねごう》に、奇怪な城が現れたとのこと！」

使番の報告に、元康は眉根に皺を寄せた。――それは、まさしく蒼たちが通う、星徳学院高校のことだった。

元康は、低い声で呟いた。

「城……？」

＊＊＊

一方、その星徳学院高校では、今なお惨劇が続いていた。

逃げ惑う男子生徒が、野武士に襲われてあっさりと斬り捨てられた。階段を駆け下りて逃げようとした女子生徒は、野武士に摑み上げられ、廊下に投げつけられた。

その隣の教室から思わず飛び出してきた女子生徒が、悲鳴を上げた。

「きゃあっ……!!」

それは、スポーツ科学研究クラスに属する、鈴木《すずき》あさみという少女だった。くりくりとした魅力的な黒い瞳を今は恐怖で揺らし、長いストレートヘアを振り乱して、あさみは逃げまわった。

野武士に腕を摑まれかけたが、なんとか振りほどき、あさみは廊下を駆け抜けた。敵の目を避けて隠れなければならないのに、喉《のど》からは勝手に悲鳴が上がり続けていた。しかし、すぐまた捕まり、階段の踊り場へと突き飛ばされた。追い詰められたあさみに向けて、野武士は刀を突きつけた。

「！」

殺される！　あさみは、ぎゅっと目を瞑った。けれど、野武士の刀が彼女を捕らえる前に、誰かが彼女の名前を呼んだ。

「──あさみ！」

その声に、あさみは目を見開いた。それは、ずっと探していた、助けに来てくれると信じていた少年の声だった。

「敏晃《としあき》っ……！」

　あさみは、視界に現れたその少年の名前を叫んだ。それは、ボクシング部で部長を務める、黒川《くろかわ》敏晃という少年だった。研ぎ澄まされた日本刀のような肉体を持つ黒川は、ライト級ボクサーで、全国大会でも優勝経験がある。ボクサーらしい機敏な動きであさみを助け出すと、黒川は、強烈な右ストレートを野武士に食らわせた。黒川の目にも留まらぬ激しい攻撃に、野武士は吹っ飛ばされた。

　黒川もまた、あさみを探していたのだ。やっとのことで恋人のあさみを探し出して助けることのできた黒川は、短く刈《か》り込んだ黒髪の下の険しい目もとを緩ませ、深く息を吐いた。

「……なんなんだよ、これ……」

　精悍《せいかん》な顔つきをゆがめ、黒川はそう呟いた。あさみを探すのが精いっぱいで、黒川にもまた、今の状況がどういうことなのか、まったく理解できていなかった。

　その黒川に、あさみが強くしがみついた。黒川もまた、あさみを抱きしめ返した。

「俺から、離れんなよ」

「……うん」

「行くぞ！」

いつまでも同じ場所にいては、また襲われてしまうかもしれない。黒川は、怯《おび》えているあさみを連れて、階段を駆け下り始めた。


中庭では、今もなお、仲間を待つ考太が戦い続けていた。

「面!! 胴――!! 小手面――!!」

どうやら、この考太という勇敢な少年は、いつでも誰かを助ける役目になるらしい。蒼たちと別れたあとで合流した後輩の剣道部員たちを助けながら、考太は必死で木刀を振り続けていた。

考太に率いられて勇気づけられたのか、剣道部員たちも、みんな竹刀《しない》を持って戦っている。いや、剣道部員だけではなかった。他にも、戦うことのできる運動部員たちは、少しずつ力を合わせて野武士たちに抵抗を始めていた。

「グラウンドに、グラウンドに集まれ――っ!」

なにか具体的な策があるわけではなかった。けれど、生徒たちを鼓舞するために、考太は、声を張って叫び続けた。このまま生徒たちがバラバラになっていては、野武士たちの集団に襲われて次々殺されていくだけだ。だから、なんとか集まって、力を合わせてこの状況を脱する方法を考えたかった。

　中庭に侵入してきた野武士たちに押し込まれ、剣道部員の一人が蹴り倒された。それを、考太がなんとか助ける。リーチのある薙刀《なぎなた》という長い柄のついた刀を振るう薙刀部員たちも駆けつけ、中庭では、生徒たちの必死の抵抗が続いた。

「えいっ！　やっ！」

　薙刀部員の一年生たちが、連携して薙刀を振るった。けれど、一人の少女が孤立し、野武士たちに追い詰められてしまった。彼女に向けて、野武士の斧が振り下ろされる。だが、その瞬間だった。なんとかギリギリで、横から鋭く薙刀が振るわれた。

「やぁ――!!」

　それは、薙刀部主将を務める、今井慶子《いまいけいこ》というショートカットの女子生徒だった。きりりとした容貌の彼女は、涼しげな瞳を今は険しく光らせ、薙刀を振るった。薙刀部一の優秀な成績を収める彼女の薙刀は、目を瞠《みは》るような力強さを見せた。

　戦闘や殺戮に慣れているとはいえ、野武士たちは、寄せ集めの烏合《うごう》の衆でもある。無意識にそれを見抜いた考太は、なんとか敵の隙を作ろうと、必死に戦い続けた。

中庭から少し離れたところにある体育館でも、野武士たちの襲撃が続いていた。体育館から飛び出して二階の渡り廊下を逃げていたフェンシング部員の一人が、野武士に挟まれ、あっという間に殺されてしまった。

「うわぁっ……！」

けれど、そこへすぐに別のフェンシング部員が現れ、野武士を翻弄《ほんろう》するように、サーブルという種類のフェンシング用の剣を振るった。その勢いに怯《ひる》んだ野武士は、あっという間にサーブルに突き刺された。

野武士は倒れ、サーブルを引き抜いた少年は、長い前髪をかき上げた。

彼は、フェンシング部でもトップの成績を誇る、成瀬勇太《なるせゆうた》という少年だ。性格は冷静で、中性的な魅力のある綺麗《きれい》な相貌には、焦り一つ見えなかった。だが、成瀬が敵を倒したのも束の間、体育館から続く渡り廊下の先では、他の生徒たちの悲鳴がまた響いた。

成瀬は、すぐさま駆け出した。

「……大丈夫か！」

襲われている生徒を庇《かば》うようにして、成瀬は再びサーブルを振るって戦い始めた。

そのすぐそばでは、白い道着に身を包んだ女子空手部員が野武士に襲われていた。彼女を救おうと現れたのは、空手部に所属する、相良煉《さがられん》という少年だった。筋骨隆々とした肉体を持つ彼は、まだ少年らしさを残す容貌に闘志を燃やし、短髪を揺らして激しく拳《こぶし》を繰り出した。全国大会の個人戦でも常に上位に食い込む腕自慢の煉は、野武士に向かって鋭くまわし蹴りを叩き込んだ。

目にも留まらないような煉の空手技が、野武士を圧倒する。たまらずに、野武士は吹っ飛ばされた。

「油断大敵！　一撃必殺！　っしゃ――!!」

野武士を退《しりぞ》けてそう叫ぶと、煉は、倒れ込んでいる女子空手部員のもとへと駆け寄った。

「大丈夫か!?」

けれど、すぐさま別の悲鳴がそばから聞こえ、煉は、考えるより先に走り出した。

「おいっ！　――速戦即決!!」

この煉という少年は、仲間を救う時にこそ、一番力を発揮できるのだ。水を得た魚のような動きで野武士たちを倒しまくり、煉は、駆け続けた。野武士が倒れたのを見て、煉は、襲われていた生徒たちに叫んだ。

「逃げろ！」

だが、渡り廊下には、倒れている生徒たちが何人もいた。思わず、煉は彼らに駆け寄った。自分がいるのに、救えなかった。悔しさに歯噛みをして、倒れた生徒に泣きすがって逃げようともしない生徒に向けて煉は叫んだ。

「おいっ……！　なにやってんだよ‼」

煉が絶叫していると、渡り廊下のさらに奥、卓球台がいくつも並ぶ体育館の二階フロアに、同じ空手部の少年が野武士に襲われているのが見えた。それは、煉の友達の将司《まさし》という少年だった。

「将司っ！　うぉおおお——‼」

再び、煉の身体が、思考がまわるよりも早く動いた。自らの危険もかえりみず、全力で走り出した煉は、友達を襲っている野武士に思いっきり飛び蹴りを入れた。

その激しい勢いに、野武士は体育館の一階へと落下していった。


バレーボールコートやハンドボールのゴールなどが並ぶ体育館の一階フロアにも、続々と野武士たちが集まってきていた。その野武士たちに向かって咆哮《ほうこう》を上げ、楕円《だえん》形のボールを必死に投げつける集団があった。

「うおおぉぉぉ——っ‼」

重々しいショルダーパッドやフットボールパンツに身を包んだ彼らは、アメリカンフットボール部所属の屈強な少年たちだ。星徳学院高校のアメフト部は、全国制覇を成し遂げた猛者《もさ》たちなのだ。日本の高校生の中でもトップアスリートに属する彼らに硬いアメフトボールをぶつけられ、野武士たちは次々に倒れていった。

アメフト部員たちの中でも、ひと際大きな身体をしているのが、部長を務める高橋鉄男《たかはしてつお》という少年だった。黒々とした髪をしっかりと固め、眼光鋭く筋骨隆々とした鉄男は、仲間たちを指揮し、叫び声を上げ続けていた。鉄男の後ろで、副部長で同じく肉体自慢の友情に厚い佐野亮《さのりよう》も、懸命にボールを敵に投げつけている。

「うぉりゃあああ!!」

なんとかこの窮地《きゆうち》を脱しようと、そして、体育館でまだ逃げ惑っている他の生徒たちを助けようと、アメフト部の部員たちは、必死に野武士たちにボールを投げ続けた。

最初に襲撃を受けたグラウンドでも、わずかながら、高校生たちによる反撃が始まっていた。その中でも、チームワークを重んじる野球部員の連携は、目を瞠るものがあった。

野球部のキャプテンを務め、エースでもある豪腕ピッチャーの藤岡由起夫《ふじおかゆきお》が、野武士たちに向かって激しく硬球を投げつけていた。だが、まるで森の中から湧いて出てきているかのように、野武士たちは次々と襲いかかってきた。

「……くそっ！　何人いるんだ⁉」

　焦ってそう舌打ちをし、藤岡は、よく日焼けして闊達《かったつ》さの表れているその顔をしかめた。笑うと少年らしい無邪気さが目立つ藤岡の顔は、今はひどく厳しくなっていた。メンバー想いで慕われているその藤岡のもとへ、後輩でキャッチャーを務める緒方努《おがたつとむ》が駆け寄ってきた。

「藤岡さん！　もう、肘《ひじ》壊れます！　投げないでくださいっ!!」

　ガッチリとした体格に似合わない優しい顔立ちをした緒方が、悲痛な声でそう叫んだ。野球部は、去年の甲子園でベスト4にまで上り詰めたメンバーなのだ。誰も彼もが名選手揃いだが、中でも、藤岡は、プロ確実といわれ、甲子園優勝を目指せるほどに有望な投手だった。

　……けれど、当然ながら、そんなことを言っている場合ではなかった。藤岡たち野球部の熱闘は、さらに続いた。

　考太の指示もあって、グラウンドには、続々と生徒たちが集まってきていた。しかし、その動きを読んでいたかのように、野武士たちの襲撃も激しさを増している。

　体育館からグラウンドへ走ってきたフェンシング部の成瀬も、長い前髪をかき上げながら、途中で合流したラクロス部の女子たちを助けつつ、サーブルを振るっている。キャプテンの鉄男率いるアメフト部員たちもグラウンドを目指していたが、野武士に囲まれてしまっていた。

ボクシング部部長の黒川は、助け出したあさみを庇いながら走っていた。集まってきた生徒たちの中で、考太も仲間を守るため、必死に戦っていた。

「胴――っ！」

木刀を振るい、襲いかかってきた野武士を倒すと、考太は倒れている剣道部員に駆け寄った。

「大丈夫か？　……くっそ！　きりがねえ!!」

恐ろしいほどの窮地に、考太は焦って舌を打った。

視界の開けたグラウンドに集まれば、この謎の襲撃者たちに対抗できると思った。けれど、敵の数は考太の予想を遥かに上まわっていた。それでも、戦いをやめるわけにはいかない。考太は、木刀を振るい続けた。

蒼は、遥と一緒に、やっとのことでグラウンドへと駆けつけていた。孤軍奮闘している考太が、蒼の視界に映った。戦っている。考太らしく、仲間を守って……。

急いで持ってきた矢をすべて地面に置くと、蒼は弓に矢をつがえた。その隣で、遥も同様に弓を構えた。すると、その蒼たちの目の前で、見知らぬ女子生徒が、野武士に襲われて倒れ込んだ。

「嫌ぁっ!!」

その悲鳴に、考太がハッと目を上げた。しかし、彼の位置からでは、どんなに走ってもとても間に合わない。考太は、もっとも信頼を置いている友達である蒼に向かって叫んだ。

「──蒼ぃっ！　うて!!」

「!!」

考太の声に、蒼はあわててぐっと弓を引いた。今にも女子生徒を斬り殺そうと、野武士が斧を振りかぶった。蒼は、息を詰めて野武士を狙った。

「……っ」

──ダメだ。意味不明の襲撃を仕掛けてきているとはいえ、あれは人間だ。的じゃない。

……奴を弓矢で射たら、人殺しなんじゃないだろうか？

蒼は、思わずためらった。弓を持つ手が、ブルブルと震えている。

けれど、その瞬間だった。弓弦《ゆづる》がはじかれる音が蒼のすぐそばで鳴り響き、一本の矢が鋭く飛んだ。

「！」

ハッとして蒼が目をやると、その矢を放ったのは、――遥だった。遥の放った矢は、見事に野武士の目前をかすめた。

涙ぐみながらも、遥は、しっかりと敵を見据えている。それを見て、ぎょっとしたように、野武士は後ずさりをした。その隙に、襲われていた女子生徒は、命からがら逃げ出した。

弓に矢をつがえたまま、蒼はまだ、動くことができずにいた。怖いのだ。このまま矢を放って、生きた人間を殺してしまうのが。

尻込みをしている蒼の肩を、遥が強く叩いた。

「なにしてんのよ！」

鋭く放たれた矢よりも強い遥の声とともに、蒼の頬が、激しく平手打ちを受けた。遥が、呆けている蒼の頬を張ったのだ。蒼は、ブルブルと震えたまま、遥の強い瞳を見上げた。

「……うてるわけないだろ……」

動揺しきっている蒼は、か細い声でそう答えた。震えている蒼を、遥は必死ににらみつけた。

「迷ってたら、みんな殺されちゃう！　しっかりしてよ!!」

遥に涙混じりの声でそう言われ、蒼はなにも言えなくなってしまった。気が強そうに見えても、遥は、本当はそんなに強い少女ではない。遥は、自分より弓道の腕がある蒼の力を、頼りにしているのだ。

すると、グラウンドの彼方《かなた》から、馬のいななきとともに、甲冑が鳴る音が聞こえてきた。馬に乗った集団が、こちらへ近づいてきたのだ。

その音に、思わず蒼は遥から目を離し、顔を上げた。

「!?」

それは、禍々しい漆黒の甲冑に身を包んだ、騎馬兵や槍兵から成る軍勢だった。黒光りしているような鎧に身を固めた彼らの姿は、これまで蒼たちを襲ってきていた野武士たちとは、明らかに違った。グラウンドは、騒然となった。

野武士たちは、落ち武者などから盗んだと思われる不揃いの具足に身を包み、武器もそれぞれ違った。それに、武器も防具も着物も、すべてがボロボロだったし、動きもてんでバラバラだった。

けれど、新たに現れた同じ黒い甲冑で身を守っているこの連中は、強い統率のもとに動いている集団だとすぐにわかった。

彼らを率いているのは、恐ろしい頬当てを被って顔を隠した、謎めいた武将だった。獣のように生徒たちを殺しまくっていた野武士たちまでもが、漆黒の兵たちの登場に、おののいたように動きを止めている。

襲撃が止まっているのを見て、蒼と遥は、あわてて考太のもとへと駆け寄った。蒼は、少しだけホッと安堵《あんど》した。なんとか、全員無事でまた幼馴染みの三人が揃うことができたのだ。

だが、漆黒の甲冑に身を包んだ謎の軍勢は、悠々と騎馬を駆り、グラウンドの中央へと向かってきた。

「！」

漆黒の不気味な軍勢に囲まれ、これまでなんとか善戦していた生徒たちは、息を呑んだ。グラウンドのちょうど真ん中までやってくると、真っ黒な騎馬部隊の筆頭にいる、黒馬に乗った黒い頬当ての武将が、こう名乗った。

「我が名は、――簗田政綱」

それは、地の底に響くようなおぞましさを帯びた、冷酷《れいこく》な声だった。その男はそう声を張ったというわけではなかったが、グラウンド中に、その名前は響き渡った。

簗田政綱と名乗った男のすぐそばに付き添っている、簗田の側近らしき身分の高そうな武将が、高々とこう叫んだ。

「お主《ぬし》らは、今川のものか！」

その声に、思わず蒼は、槍を掲げているその武将をじっと見つめた。おそらく奴は、『馬廻《うままわり》』という役職の武将だ。戦場で主君をもっとも近くで守る精鋭であり、武芸に秀で、主君の側近も務めているはずだ。

蒼は、漆黒の具足に身を包んだ新参の軍勢が口にした言葉に、眉をひそめた。

「簗田……、今川……？」

ふいに、蒼の心臓が、ドキドキと激しく高鳴り始めた。……野武士たちの身につけている具足や武器などを見て、予感はあった。だが、今やその予感が、明確な形を作り始めていた。

――もしかして、この学校の校舎は、戦国時代にまぎれ込んでしまったのではないだろうか？

蒼は、今、はっきりとそう思った。蒼にとって、戦国時代は、歴史の中でも特に好きな時代だ。どんなに地味な武将でも、名前を覚えている自信があった。

だから、簗田政綱という名前の武将も、当然ながら知っている。蒼は、じっと簗田たちの軍勢を見つめた。すると、率いてきた自らの黒い軍勢の先頭に立ち、簗田はこう告げた。

「即刻降伏し、城を明け渡せ。——でなければ、みな殺しだ」

「！」

簗田の冷酷な声と同時に、漆黒の甲冑に身を包んだ彼の配下が一斉に長い槍を構えた。

簗田の率いている兵たちに恐ろしいほどに長い槍を向けられ、グラウンドに集まっていた生徒たちは、再び騒然となった。

「ひいっ……」

漆黒の騎馬兵や槍兵たちが、怯えている生徒たちの方へとにじり寄ってきた。生徒たちの多くは恐怖に怯えているが、その中でも、戦う力を持った生徒たちは、なんとか敵に反撃しようと準備し始めた。

けれど……。

「……相手が多すぎる」

フェンシング部所属の成瀬が、苦々しげにそう呟いた。その後ろで、空手部の煉もこくこくと頷いた。

冷静な成瀬の言う通りだった。諦《あきら》めた方がいいかもしれない。グラウンドの誰も彼もがそう思った時、考太が叫んだ。

「まだだ……！　諦めるな!!」

奴らは、野武士をこれだけ投入し、ほとんど抵抗をしていなかった生徒たちもまとめて虐殺《ぎゃくさつ》したのだ。降伏したところで、命が保障されるわけはない。……いや、おそらくは、死んでいった他の生徒たちと、同じ運命をたどることになるのではないだろうか。

考太の冷静な声に、動揺していた生徒たちは、じりじりと固まり始めた。

すると、その時だった。

「！」

突如として、グラウンドを見下ろす校舎の屋上から、何本ものペットボトルが、突き刺すように降ってきた。空気を激しく吐き出す音を立てる、あれは、――ペットボトルロケットだ。グラウンドに着地したペットボトルロケットは、いきなり激しくカラフルな煙を噴き出した。

「……っ!?」

まるで煙幕のような色とりどりの煙に視界を遮《さえぎ》られ、簗田政綱の配下たちや、野武士たちが動揺した。けたたましい発射音と一緒に、ペットボトルロケットが、次々と校舎の屋上から放たれ始めた。

主戦場となりかけているグラウンドを見下ろす校舎の屋上では、理科準備室から持ち出してきた化学薬品入りのペットボトルロケットを次々と発射する少年たちがいた。特進クラスに所属する、星徳学院高校でもトップクラスの成績優秀者たちだ。

その中の一人、科学部員の吉元萬次郎《よしもとまんじろう》が、手をギュッと握って叫んだ。

「よし！」

ウェーブを描く髪を揺らし、眼鏡の下におどおどとした瞳を光らせた萬次郎は、グラウンドの方を眺めた。萬次郎は、まわりの生徒たちが襲われている間も、ずっと理科準備室に隠れて怯えていたのだ。目の前で女子が殺されても出ていく勇気が出せなかったが、それでもなにか自分にできることをしなければならないと考え続けていた。その萬次郎の目に、理科準備室に並ぶ薬品の数々が映ったのだ。

頭の良さと知識の豊富さには、自信がある。萬次郎は意を決し、グラウンドで戦っている運動部員たちのために、援護することにしたのだ。途中で合流できた特進クラスの仲間である、久坂直哉《くさかなおや》や小暮《こぐれ》サトシも、次々発射準備を続けている。

「わっ……！」

飛んでいくペットボトルロケットの勢いに圧《お》され、七三分けのいかにもひ弱そうな久坂が尻餅《しりもち》をついた。その横で、恰幅《かっぷく》のいい坊主頭のサトシが、計画の成功を見て叫んだ。

「興奮してきたぁっ！」

煙幕を起こす特殊な化学薬品入りのペットボトルロケットになおも空気を詰めながら、サトシは、嬉《うれ》しそうな笑顔を浮かべた。場違いにテンションを上げているサトシに、萬次郎が言った。

「早くしろ！」

「効果あんのかなぁ、これ!?」

グラウンドの様子が伝わってこない屋上で、心配そうに久坂がそう呟いた。その久坂に、サトシが早口でこう答えた。

「威嚇《いかく》にはなってるはず。……発射！」

一人威勢のいいサトシが、再び発射ボタンを押し込んだ。エリート揃いの星徳学院高校屈指の成績優秀者が作ったペットボトルロケットが、また勢いよくグラウンドへと飛んでいった。

簗田軍勢の馬廻が、空を見て、あわてたようにこう叫んだ。

「……伏兵がおったか！」

空から飛んでくるペットボトルを、彼らは見たことがない。正体不明の物体から次々と煙が勢いよく噴き出し、野武士も簗田政綱率いる漆黒の軍勢も混乱していた。

……しかし、その中にあって、簗田だけはわずかも動揺せず、平静を保っていた。その簗田のもとへ、簗田軍の伝令係である使番の男が駆け込んできた。

「──申し上げます！　松平元康の軍勢が、こちらに向かっております！」

その報告に、簗田は黒い甲冑に包まれた肩をすくめた。

「元康と顔を合わせるのは、面倒だ。……人質を取れ」

冷酷なその命令に、簗田政綱の馬廻は、周囲に控えている漆黒の騎馬武者たちにこう指示した。

「はっ！　人質を取れいっ!!」

馬廻の号令と同時に、簗田軍の武者たちと野武士たちが、連携して一斉に生徒たちへと襲いかかってきた。

「……」

その動きを見て、蒼は目を見開いた。

──やはり、この野武士たちも、簗田政綱の指揮下に入っているらしい。蒼の推測を裏づけるように、野武士たちは、簗田政綱とその馬廻の命令にすぐに従った。

だが、野武士というのは、正規の武士とも農民とも違う。山野に隠れ、落ち武者狩りをしたり、強盗をしたりして暮らしている武装集団だ。特定の主君は持たない場合が多い。この野武士たちは、ただ彼らの意思でこの学校に攻め込んできたわけではなく、あの簗田政綱に雇われていたのだろうか？

しかし、そう思っているうちに、すぐにグラウンドから激しく悲鳴が上がった。

「きゃああっ！」

「嫌あっ！」

簗田軍勢や、野武士たちによって、再び次々と生徒が殺されていった。星徳学院高校の屈強なエリート運動部員たちも必死に奮戦したが、多勢に無勢だ。抵抗も虚《むな》しく、生徒たちがどんどん倒れていく。

気がつけば、……いつも逃げてばかりの蒼なんかに、できることなどなにもなかった。蒼は、グラウンドでおろおろとしているばかりだった。

使番の報告を受けた馬上の簗田は、大勢の中で立ちすくんでいる蒼には目もくれず、悠然と踵を返して去っていった。

簗田が去ったあとで、次々と生徒たちが人質として捕らえられていった。最初に捕まったのは、野球部でキャッチャーを務める、あの優しい容貌をした緒方という少年だった。

「――緒方ぁっ！」

緒方とバッテリーを組む名投手で野球部キャプテンの藤岡が、相棒の名前を必死に叫んだ。

「緒方――っ!!」

野球部の中核を担う藤岡が、緒方を追おうと走りかける。それを、まわりの野球部員たちが必死に止めた。

「はなせ！」

「ダメです、藤岡さん！　行かないでください！」

そのそばでは、屈強なアメフト部員が目をつけられていた。アメフト部の副部長を務める佐野が、野武士たちに羽交い締めにされ、無理やりに連れ去られてしまった。

「佐野！　佐野――っ!!」

アメフト部キャプテンの鉄男が、髪を振り乱し、涙を流しながら、佐野の名前を叫んだ。けれど、徒党を組んだ野武士たちを前にしては為す術もなく、アメフト部員たちも絶望している。

女子テニス部所属の翔子も殴りつけられ、野武士に担がれた。薙刀部部長の慶子も、その涼しげな容貌をゆがませ、野武士に引きずられてさらわれていった。

「慶子先輩——!!」

部長である慶子を慕っていた薙刀部員の一年生たちは、泣きながら追いすがったが、抵抗の余地はなかった。

ボクシング部部長の黒川が戦っている隙に、彼の恋人でスポーツ科学研究クラスのあさみも捕まってしまった。

「きゃっ……！　敏晃！」

「あさみ！　あさみ——っ!!」

せっかく探し出して救ったあさみをさらわれ、黒川は懸命に追おうとした。けれど、連携する野武士の槍や斧に阻《はば》まれ、それ以上追いかけることはできなかった。

だが、助かった彼らは、まだ運がよかった。連れ去られようとしている仲間を助けようと抵抗した生徒たちは、無情にも次々と殺されていった。

考太もなんとか追いかけようとしたのだが、漆黒の槍兵たちに阻まれてしまった。

簗田政綱配下の漆黒の軍勢は、長槍を得意の武器としているのか、槍兵を隙間なくずらりと並べ、槍衾《やりぶすま》という戦術を繰り出してきた。槍兵たちが構える無数の槍の鋭い切っ先に阻まれ、考太は、下がることしかできなかった。

「くっ……！」

考太は、悔しそうに木刀を振りまわした。その考太のそばで、蒼はなにもできずに、遥に引きずられ、敵の攻撃から逃げ惑うばかりだった。

誰も追いかけてくることができないとわかっているのか、簗田軍勢は、振り返りもせずに去っていく。……あとには、無残にも殺されてしまった生徒たちの死体と、泣き叫ぶ声だけが残っていた。

死者も多いが、怪我人も多い。痛みに苦しんですすり泣く怪我人の声の中で、グラウンドに集まった生徒たちは、ただ呆然としていた。

やっとのことで、辺りに平穏が戻った。仲間たちを蹂躙した謎の敵たちが去り、なにもできなかった考太は悔しさに拳を強く握りしめた。

「……くそっ！」

「終わったのか……!?」

漆黒の騎馬軍勢や野武士たちの気配が完全に消え、煉が悲鳴のようにそう叫んだ。恐ろしいほどの危機が当面去ったことを悟り、煉はがっくりとうなだれた。他の生徒たちも、絶望に顔をゆがめ、地面に座り込んでいった。

騒然としている蒼たちのもとへ、生徒たちを援護しようと屋上から煙幕入りのペットボトルロケットを仕掛けた萬次郎たちが駆け寄ってきた。

「おーいっ！　みんな――！」

萬次郎の後ろからは、七三分けの久坂や小太りのサトシも走ってきている。身体能力は高くないが、特進クラスでも優秀なエリート三人組だ。

「ちょっと……。ちょっと、これ……」

眼鏡を曇《くも》らせた萬次郎は、考太たちのそばまで来ると、そう声を上げた。その隣に久坂とサトシも地面に腰を下ろし、一緒になってなにやら準備を始めた。久坂が、仲間たちにこう言った。

「……ちょっと、離れて！」

その声を合図に、萬次郎がコントローラーを取り出し、科学部の部室から持ち出していた白いドローンを、グラウンドから飛ばした。小型のカメラを積んだドローンが、風を起こして空高く飛んでいく。ドローン搭載《とうさい》のカメラが撮った映像を、萬次郎が懐《ふところ》から取り出したタブレットに映した。どうやら、ドローンとタブレットは、インターネット経由ではなく、直接無線でつながっているらしい。

映し出されたドローンの映像に、生徒たちは絶句した。星徳学院高校の敷地の向こうにあったはずの人工物は、ビルも住宅街も、アスファルトの道路も、なにもかもが消え去っていた。代わりに、今は、ただ深く険しい森や山ばかりが連なっていた。……星徳学院高校は、街の中に建っていたはずなのに。

タブレットを覗《のぞ》き込んだ遥が、絶望したようにこう声を上げた。

「街が……、……ない！」

「どういうことだよ……」

野球部キャプテンの藤岡も、タブレットを見つめてそう呟く。遥や藤岡の反応をよそに、蒼は、俯《うつむ》いて考え込んでいた。

「……」

タブレットを見つめていた生徒たちは、想像を超える異常な事態に、静まり返っていた。現実とは思えないこの状況に、みんな、ただ呆然とすることしかできないでいるのだ。

すると、その時だった。

再び、高校を囲む深い森の中から、無数の馬のいななきが響いてきた。地面を駆ける蹄《ひづめ》の音も聞こえてきて、グラウンド中にまた恐怖が走った。

「……!?」

身体能力に自信のある運動部員たちがすっくと立ち上がり、なにが起きても対応できるように身構えた。彼らは、顔を見合わせ、声を交わした。

「戻ってきた……!?」

「……いや！」

すぐに、考太が声を上げ、首を振った。冷静な考太の声に、また混乱し始めていたグラウンドの生徒たちは、少し落ち着きを取り戻した。

――グラウンドの向こうに広がっている森から、やがて、騎馬に乗ってまた鎧武者たちが現れた。

蒼は、新たに現れた騎馬武者たちを、じっと観察した。

今度の武者たちは、漆黒の鎧に身を包んでいた簗田政綱の騎馬兵たちとは違い、真っ赤な揃いの鎧を着込んでいた。どうやら、簗田勢とは別の所属の軍と見てよさそうだった。雄々しい赤い鎧の騎馬兵たちの他に、長槍を携《たずさ》えた足軽兵たちも二十名ほど連れている。

新しく現れた武士たちの姿に、生徒たちはただおののいていた。この連中の目的も、あの簗田政綱と同じく、蒼たちの虐殺かもしれない。

完全武装した深紅の騎馬兵や槍兵たちに、生徒たちは囲まれ、じりじりと一箇所に集められた。グラウンドの生徒たちは、ブルブルと震え上がった。その少年少女たちに目を向けたまま、赤い鎧武者たちを率いているらしいリーダーの若武者がこう声を上げた。

「――捕らえよ！」

遠くまで響き渡るその号令に、生徒たちを囲んでいた徒歩の兵たちは一斉に槍を構えた。

生徒たちの上げる悲鳴が、ひと際甲高くなる。その生徒たちに、若武者のすぐ隣に控えている身分の高そうな武士がこう叫んだ。

「お主《ぬし》らぁ！　大人しく致《いた》せい!!」

どこか耳慣れない少し訛《なま》りのあるその声には、簗田軍勢や野武士たちとはまた違った迫力があった。もはや反抗する気力も体力もほとんど残っていない生徒たちは、怯えて身を寄せ合った。

真っ赤な鎧武者たちを率いる若武者は、無抵抗の蒼たちを、険しい顔でにらんでいる。蒼は、まるで引き込まれるように、その若武者を見つめた。若さの中にも鋭さを秘めた、凜々しく美しい顔立ち。黒々とした髪を後ろで束ねたその若武者は、まっすぐな瞳で校舎を眺めている。

若武者が身に着けている陣羽織に入った家紋を見つめ、蒼は、目を見開いた。――それは、『葵《あおい》の御紋』、……だった。

「……！」

ある予感が脳裏に走り、蒼は、体が震えるのを感じた。あの錦の陣羽織を羽織ったまだ年若い武将は、まさか、まさか――……！

槍を構えている徒歩兵《かちへい》たちにせっつかれ、生徒たちは体育館へと押し込められた。あの赤い靄が高校を覆った時、どの程度学校に生徒が残っていたかはわからない。けれど、生き残った生徒たちは、どうやら百名ほどはいるようだった。だが……、教師たちは、一人残らず殺されてしまったらしい。

体育館に集められた生徒たちは、これから起こることに不安を抱きつつも、互いに声をかけ合っていた。

「……みんな、殺されちゃった……」

女子生徒たちが、恐怖と動揺でぐすぐすと泣いている。その隣で、おとなしそうな男子生徒が、自分たちを監視している槍を持った兵たちを戦々恐々と見つめていた。

「また、捕まったってことか……」

「なんで、電波ないの⁉」

何人もの生徒たちが、パニックになって持っているスマホを何度も操作している。けれど、やっぱり誰も外部との連絡は取れないようだ。

「うぅっ……」

「どうすりゃいいんだよ⁉」

ぐったりと倒れ込んでいる怪我人や、痛みに呻き声を上げている者もいた。

混乱が収まらない中で、萬次郎が冷静にタブレットを操作していた。

タブレットにも、スマホと同様に電波は届いていない。外部と通信することは不可能だ。けれど、すでにダウンロードしているデータならばアクセスすることができた。

萬次郎は、以前タブレットに保存していた、『戦国百科』という電子書籍を開いた。タイトル通り戦国時代にあった出来事が詳しく記載された本で、萬次郎も勉強がてらにこの『戦国百科』を読んだことがあったのだ。すぐに、目当ての桶狭間《おけはざま》の合戦についてのページを開いた。

考太は、そっと顔を上げ、自分たちを取り囲む鎧武者たちを観察した。

「あいつら、何者なんだ……？」

「……言っても、信じないと思う」

ぼそぼそとそう呟き、口ごもった蒼を、隣に座った遥がせっついた。

「確信、持ってるんでしょ？　蒼、話して……っ」

幼馴染みでずっと一緒に育ってきていた遥は、蒼の顔色を見てなにか察していたようだ。

だが、蒼はまだ迷っていた。黙り込んでいる蒼を見て、考太がすっくと立ち上がった。

蒼は、考太を見上げた。けれど、考太は蒼の顔を見返しはせず、体育館に集められた生徒たちに向かって、こう声を張った。

「――みんな、ちょっといいか？　蒼の話を、聞いてほしい」

蒼の慎重な性格や知識量をよく知っている考太は、蒼の判断には絶対の信頼を置いているのだ。確かに、今はもたもたしている猶予《ゆうよ》はない。けれど、考太のいきなりの行動に、蒼は思わず立ち上がった。

「ちょっと待って、考太！」

「蒼！　なんでもいいから、考えてること全部、話してくれ！」

エリート揃いの星徳学院高校でも文武両道において優秀なことで知られた考太の言葉に、生徒たちは息を詰めて蒼を見つめた。誰も彼もが、この絶望的な状況に希望を見出したくて、考太と――そして、蒼に期待しているのだ。

蒼は、周囲の視線に、心臓がすくみ上がりそうになっていた。……確かに遥が指摘した通り、襲撃者たちの様子や急に変わってしまった学校周辺の景色を観察し続けていた蒼には、確信があった。

蒼は、声が震えそうになるのをこらえ、大きくため息を吐いて話し始めた。

「俺たちが、今いるのは……。せ、戦国時代……」

頼りない蒼の声が体育館に響くと、集まっていた生徒たちは一斉にどよめいた。緊張に拍車がかかったが、意を決し、蒼はこう続けた。

「一五六〇年。『桶狭間の戦い』の直前、……だと思う」

「桶狭間の戦い……。……って、なんだっけ？」

勉強が苦手な空手命の煉が、まわりの生徒たちにそう尋ねた。頭脳派の萬次郎が、ぽかんとしている煉や他の生徒たちに、桶狭間の合戦について詳しく説明した。

「永禄《えいろく》三年。――まだ無名の武将だった織田信長二十七歳が、東海道一の名将と呼ばれた、今川義元《よしもと》四十二歳の大軍勢を、桶狭間で倒した合戦……」

そう言いながら、萬次郎は、みんなにタブレットの画面を見せた。

画面には、戦国時代の名だたる大名たちの所領地図があった。それを拡大していくと、今の静岡県や愛知県に当たる地方に、今川家の広大な領地が示された。その隣の尾張が織田家の所領で、今川家に比べれば、まだまだ弱小大名だということがわかる。

みんなに見えるようにタブレットを掲げて、萬次郎はこう言った。

「それまで、異端児と呼ばれてた織田信長は、――戦国覇者として天下統一の快進撃を始める」

日本人ならば、ほとんど誰でも知っている。

桶狭間の合戦は、戦国時代の英雄織田信長の名を天下に轟かせた最初の戦いだ。このあと、織田信長は戦国時代の覇者として、破竹の勢いでその勢力を伸ばし、やがては天下人《てんかびと》となっていく。

戦国時代の天下人といえば、三人いる。織田信長、豊臣秀吉《とよとみひでよし》、——そして、徳川家康の三人だ。

萬次郎の説明を黙って聞いていた考太が、隣に立っている蒼にこう聞いてきた。

「その時代だっていう、根拠は？」

「最初に攻めてきた武将は、……『簗田政綱』と名乗った。簗田は……、織田信長の家臣」

誰も彼もが、あの恐ろしい漆黒の騎馬武者、簗田政綱を思い出した。あの男は、今蒼たちを囲んでいる深紅の軍勢とは違い、蒼たちに対する殺意を隠そうともしていなかった。

すると、特進クラスに所属しているが、歴史には疎《うと》いらしい小太りのサトシが声を上げた。

「簗田？　簗田なんて、聞いたことないけど」

確かに、織田信長が主役の歴史小説でも読んでいなければ、ピンとはこないかもしれない。簗田政綱は織田家の家臣だが、教科書に載るような仕事をした武将ではない。

蒼は、サトシに答えた。

「かなり、マイナーな武将だから。……簗田は、今川軍がどこまで来ているか、偵察に来ていた。つまり……、合戦の直前だと思う」

要するに、あの簗田は、織田信長のために、これから起こる桶狭間の合戦に備えて動いているというわけだ。

だが……、まだみんなに打ち明けられる段階ではないが、蒼には疑問があった。

ただの偵察にしては、人数が多すぎた。武装もやたらと重々しかったし、あれでは、人目を避けて偵察することには向かない。それに、野武士たちと連携していたことにも疑問が残る。そして、蒼たちは今も状況を把握《はあく》しきれていないというのに、奴らは即座にこちらを敵と認識し、無差別に生徒たちを虐殺していった。いったい、なぜなのだろうか？

考太が、眉間の皺を深く寄せながら頷いた。

「なるほど……。うちの学校は、桶狭間の古戦場跡に近い」

蒼たちが、いわゆる時間移動《タイムスリップ》をしてしまったのなら、場所の移動までは起きていないのかもしれない。だとすれば、この場所のそばで桶狭間の合戦が起きても、おかしくはない。場所柄、星徳学院高校では、桶狭間の合戦についてよく授業でも教えられたし、街でも関連イベントが行われていた。

けれど、考太たちほど蒼の知識に信頼のない生徒たちは、動揺したように、口々に叫んだ。

「……ただのこじつけだろ！」

「適当なこと言うなっ」

「そうだ、そうだ！」

恐怖を怒りに変えて、生徒たちは蒼に八つ当たりを始めた。みんな、薄々予感があっても、この絶望的な事実を直視したくはないのだ。――ここが、現代ではないなんて。

するとまわりの生徒たちの態度に怒った遥が、急いで立ち上がった。

「じゃあ、どうやって説明すんの⁉　……今日起こったことを、思い出してよ。友達がいっぱい殺されて、街が消えて……！　これが現実でしょ？」

遥の訴えは、最後は悲鳴のようになっていた。誰も彼もが、思い出したくなかった惨劇を思い起こし、黙り込んだ。体育館は静まり返ったが、恐ろしい現実には変わりなかった。女子生徒のすすり泣く声まで聞こえ始め、生徒たちはみんな俯いてしまった。

そんな中で、フェンシング部の成瀬が立ち上がり、蒼に質問した。

「……あとから現れて、俺たちをここに閉じ込めた奴は？」

それは、あの華麗《かれい》な赤い戦国鎧に身を包んだ、凛々しく美しい若武者のことだ。彼は、手勢を何人か連れて、校舎の探索へ行ってしまった。

残って蒼たちを監視している徒歩の兵たちは、おそらくあの若武者の配下として従う、足軽たちだろう。若武者たちと同じく、赤い陣笠《じんがさ》や、肋骨胴《あばらどう》と呼ばれる具足に身を包んでいた。足軽たちは、リーダーのあの若武者の指示を固く守り、蒼たちを見張っている。

蒼は、彼ら足軽をちらりと見てから、こう答えた。

「おそらく、――松平元康」

「えっ……!?」

蒼が告げたその名前に、特進クラスの久坂が反応した。七三分けの髪を振り乱して、久坂は声を上げた。

「それって、後《のち》の徳川家康？」

久坂が口に出した戦国時代の――いや、日本史上でも屈指の大英雄の名前に、体育館の生徒たちはぎょっとなった。生徒たちの視線を受け、蒼はこくりと頷いた。

「陣羽織に……、家紋が入ってた」

タブレットを見つめていた萬次郎が、顔を上げて蒼に確認した。

「葵の御紋か……」

葵とは、フタバアオイという植物の二つの葉をモチーフにした紋章のことで、松平家――後の徳川家は、この三葉葵《みつばあおい》を家紋としている。日本で一番有名な家紋といっても過言ではない。

すると、萬次郎に詰め寄っていた空手部の煉が、目をパチクリとさせて呟いた。

「それって、……水戸黄門《みとこうもん》?」

煉が連想した通りだった。しかし、あまりにものん気で場違いな発言に、呆れたように成瀬が長い前髪をかき上げて首を振った。

「……空手バカは黙ってろ」

スポーツマンらしく短く髪を切り揃えている煉は、うざったそうな長い前髪を触っている成瀬の態度が気に入らないのか、思わずこう叫んだ。

「なんだと、この……、前髪バカ!」

同じ高校に通っているとはいえ、クラスや部活も違うし、お互いの名前もあやふやだ。身に着けている部活の道着や防具だけで相手の所属を判断し、煉と成瀬はにらみ合った。

煉と成瀬がやり合っているのを尻目に、アメフト部キャプテンの鉄男が立ち上がった。

「だから、なんなんだよ……!?」

怒りを帯びた鉄男の声に、体育館に集まっている生徒は再び静まり返った。鉄男は、怒りに任せてこう叫んだ。

「……仲間が連れてかれてんだ」

「そんなの、みんなわかってる」

考太が、静かにそう答えた。けれど、その冷静さが余計に癪《しゃく》に障《さわ》ったのか、鉄男はさらに声を荒げた。

「桶狭間とか信長とか家康とか、どうだっていい！　あいつらぶっ倒して、助けに行くしかねぇだろ！」

そう言って、筋骨隆々としたたくましい肉体を持つ鉄男は、自分たちを監視している槍を構えた足軽たちをにらんだ。他のアメフト部員たちも、次々立ち上がる。恋人のあさみをさらわれたボクシング部キャプテンの黒川も、鉄男たちアメフト部員に続いて立ち上がった。

「……だな。時間が惜しい」

鉄男たちアメフト部とボクシング部の黒川、それから、空手部の煉たちも、見張りの徒歩武者に向かって歩き出した。

だが、見張りの兵たちが構えているあの鋭い槍の攻勢を、鉄男たちはどう突破するつもりなのだろうか？　あわてて考太が駆け出し、鉄男たちの前に立ちはだかった。

「待て!!」

考太の制止に、鉄男たちは足を止めた。それを見て、考太は蒼の方を見つめた。

「……蒼、ここを抜け出すアイディアはないか？」

急に話を振られ、蒼はぎょっとした。考太でも無理なのに、頭に血が上った校内でも屈指の優秀な運動部員たちを、蒼なんかに止められるわけがない。

蒼はまた、黙り込んでしまった。その蒼を見て、考太が暗くこう言った。

「計画もなく動いたら、……殺されるだけだ」

考太は、いつでも冷静さを失わない少年だ。だからこそ、鉄男たちの衝動的な行動の無鉄砲さがよくわかるのだ。そして、それが成功しないであろうことも……。

無論、蒼にも考太の考えていることはよくわかった。簗田政綱の兵と野武士たちに、あれだけの数の生徒があっという間に虐殺されてしまったのだ。武器を持っての命の取り合いなどやったこともない高校生に、勝ち目があるとは思えない。鉄男たちは、仲間を失った焦りに我を忘れているのだ。

「……」

これ以上、同じ学校の生徒が死ぬところを見たくない。

蒼は、必死に頭をめぐらせ、鉄男たちを止める方法がないかを考えた。


一方、監視を足軽に命じた松平元康は、本多正信たち信頼できる数人の家臣とともに、星徳学院高校の校舎の中を検分していた。

教室の前方にある黒板には、元康たちには見慣れない文字がチョークで書かれていた。アルファベットが並ぶ、それは物理の数式だ。

無論、この時代にも南蛮人《なんばんじん》の渡来はある。だから、アルファベットくらいなら、日にしたことがある武将もいるだろう。しかし、意味の解読となると、そう簡単にはいかない。

机の引き出しから持ち出した日本史の教科書を、元康は怪訝《けげん》な表情をしながら開いた。

「……」

黒板に書かれている数式とは違い、漢字や平仮名などは、この頃から現代まで共通のものも多い。ぎゅっと眉間に深く皺を寄せ、元康は、日本史の教科書に並ぶ文字を目で追い続けた。

はたして、この文書を、どう捉《とら》えるべきか――。

そこへ、元康の使番の武将が現れ、こう叫んだ。

「殿！　捕らえた者どもが、話があると申しております！」

使番の言葉に、元康は、すっと眉を上げた。

囚《とら》われの身で、良い度胸だ。だが――、聞きたいことは、こちらにもある。いい機会かもしれない。元康は、謎の少年たちの話を聞くため、体育館へ向かって歩き出した。

第二章 前進

　卓球台が並ぶ体育館の二階フロアで、蒼《あおい》と考太《こうた》はきっちりと正座し、松平元康《まつだいらもとやす》とその側近の本多正信《ほんだまさのぶ》に向かい合っていた。美しい錦《にしき》の陣羽織を羽織った松平元康は、二人の少年をじっと見つめ、こう言った。

「――お主《ぬし》らは、何者じゃ？」

　その問いは、校舎の中で日本史の教科書を目にした元康にとっては、もっとも重要なものだった。すると、こういう役割が苦手な蒼に代わって、考太が口火を切った。

「俺たちは、ただの高校生。今川《いまがわ》や織田《おだ》とは、なんの関係もない」

　元康は、黙って考太の答えを聞いていた。その後ろで、口髭《ひげ》を生やした本多正信がしかめ面《つら》をして、すぐに叫んだ。

「無礼者！」

　低い姿勢のまま、正信はいきなり抜刀した。周囲を囲んでいた足軽たちも、一斉に槍《やり》を構える。鋭く光る刀を突きつけられ、蒼はすくみ上がった。恥ずかしいくらいに震える声で、蒼は悲鳴のように言った。

「あ、あのっ、取引をっ……！　とり……、取引を……、させてください……！」

　戦国時代の人間である元康たちにも通じる言葉を選んで、蒼は元康を見つめた。元康は、なおも黙ったまま鋭い視線を蒼たちに向けている。

蒼は、元康が今抱えている状況を分析しながら続けた。

「あなたは今、今川義元《よしもと》より、大高城《おおだかじょう》に兵糧《ひょうろう》を入れるよう、命じられている。……はず」

「……」

なぜ、この少年が自分の状況をここまでよく知っているのか。元康は、用心深く蒼たちを見据えた。蒼は、その元康をじっと見つめ、こう告げた。

「……作戦が、あります」


体育館の一階フロアで待っている生徒たちは、不安な気持ちを抱えたまま、蒼と考太のいる二階フロアを見つめていた。遥《はるか》は、何度も蒼や考太の背中を見上げた。

その遥のそばで、萬次郎《まんじろう》が眼鏡を光らせ、タブレットをにらんでいた。

「『大高城の兵糧入れ』か……」

わかりもしないのに一緒になってタブレットを覗《のぞ》き込んでいた煉《れん》が、怪訝《けげん》そうに声を上げた。

「なんだよ、それ？」

その煉を押しのけて、萬次郎と同じく特進クラスの久坂《くさか》が声をかけてきた。

「萬次郎くん。タブレット、貸して」

タブレットを操作し、久坂は、このあたりの戦国時代の詳細な地図を表示した。その地図には、今萬次郎が口にした、大高城も記載されている。それをタッチペンで丸く囲い、久坂は生徒たちに説明した。

「大高城は、今川軍の城なんだけど。それを孤立させるために織田軍は、ここと、ここに二つの砦《とりで》を造ったんだ」

久坂は、大高城を囲うような場所に二箇所丸をつけて、砦の位置をみんなに知らせた。

地図上では、この高校からすぐ近くに見えた。伊勢湾《いせわん》のそばに大高城は位置し、そのほど近く、今川家の領地からの行き来を塞《ふさ》ぐように、二つの砦があった。どちらも尾張《おわり》内だ。

「で、元康は今――。この孤立した大高城に、食糧や武器を届けるための任務の最中《さいちゅう》なんだよ」

つまりは、今従属している今川家からの重要な命令を果たそうと、松平元康は動いているということだ。おそらくは、大高城へ物資を届ける任務の途中で、突然現れたこの星徳《せいとく》学院高校とかち合ってしまったのだろう。

短気な煉が、久坂からタブレットを奪うように取った。

「見せろ！」

「あ、ちょっと……！」

それを、特進クラス所属で小太りのサトシが奪い返した。煉はムッとして、サトシをにらみつけた。

「なんだよ……」

むすっとしている煉に肩をすくめ、サトシは立ち上がって得意げに説明を始めた。

「ま、いろいろな説があるんだけど。元康は、大高城へ向かう前に、砦の一つ。――この『丸根砦《まるねとりで》』を攻めたって言われてる」

そう言うと、サトシは、二つ印をつけた砦のうちの一つを指差した。それを見て、フェンシング部の成瀬《なるせ》が腕を組んだ。

「陽動作戦か……」

成瀬の鋭い指摘に、久坂が頷《うなず》く。久坂は、元康が行った兵糧入れについて、こう説明を締めた。

「そう。で、この丸根砦を攻撃して、織田軍の注意を引きつけている間に、大高城にスムーズに食糧を届けるってわけ――」

蒼たちは、今もなお、元康との交渉を続けていた。

「この作戦は、必ず、……成功します」

震える声で、蒼はそう断言した――それが、歴史上の事実だからだ。鋭い刀を前にしながらも、考太が立ち上がった。

「信じてくれ！　俺たちは敵じゃない。簗田《やなだ》って奴に捕まった仲間を助けたいだけなんだ。だから、まず生徒たちを全員解放してほしい！」

元康の側近である正信は、刀を抜いたままだ。野武士たちが持っていたものよりもずっと切れ味のよさそうな正信の名刀に、考太も蒼もいつ斬られてもおかしくはない。固唾《かたず》を呑《の》んで、蒼はこう言った。

「……それが、取引……」

正信の隣で、元康がゆっくりと歩み寄ってきた。彼の側近である正信も非常の器《うつわ》と称される名将だが、元康は、さすがにそれ以上の男だった。元康は、蒼に近づくと、いきなり抜刀した。それは、『陣太刀《じんたち》』と呼ばれる、戦場の総大将が持つ特別な日本刀だった。切れ味のよさそうな鋭い陣太刀の切っ先を首もとに突きつけられ、蒼は思わず目を瞑《つむ》った。

「!!」

真実を見極めようと、元康が蒼を強くにらんでいる。元康は、低く蒼に尋《たず》ねた。

「……なにゆえ、成功すると？」

「俺たちは……、未来から来ました」

蒼の答えに、元康は、眉間《みけん》の皺《しわ》を深く寄せた。蒼の答えに疑問を感じながらも、なにか深く考えをめぐらせているようだ。その隣で、正信が蒼に語気鋭くこう言った。

「世迷言《よまいごと》を申すな！」

元康はその正信を制するように、蒼にさらに質問した。

「お主《ぬし》、名は？」

「……西野《にしの》、蒼」

冷や汗を流しながらも、腹を決め、蒼はそう名乗った。すると、蒼の瞳を間近でまっすぐに見つめていた元康が、ふと呟《つぶや》いた。

「良き、瞳《め》じゃ……」

「……え？」

自分に陣太刀を向けている元康の空気が変わったことを察し、蒼はきょとんとなった。

元康は、すっと陣太刀を下ろすと、突如《とつじょ》として白い歯を見せ、豪快に笑い出した。

「はははは、はっ、面白い！　……その策、もらった！」

さすがは徳川家康《とくがわいえやす》になる男ということだろうか。きっぱりと決断を口に出した元康に、提案していた蒼の方が面食らった。

「え？」

元康に従う正信の方が呆気《あっけ》に取られ、主君をいさめるように叫んだ。

「元康さま！」

けれど、正信の制止を無視し、鮮やかな手つきで納刀した元康は、周囲の配下たちを眺めた。その視線を受け、足軽たちも蒼たちに槍を向けるのをやめた。

元康は、蒼と考太を順繰りに見据えると、こう言った。

「――間者《かんじゃ》から報告が入っておる。連れ去られたお主《ぬし》らの仲間は、その丸根砦に囚《とら》われてるようじゃ」

「え⁉」

蒼と考太は同時に声を上げ、息を呑んだ。元康は、その蒼たちに命じた。

「お主《ぬし》らが先陣を務めよ！」

「……はっ⁉」

突然の命令に、蒼はぎょっと目を見開いた。その蒼を見返すと、元康は悠然と続けた。

「策は授けるが、手は汚しませぬ、……では、取引にならん。お主《ぬし》らが、丸根砦を攻めるのじゃ！」

蒼と考太は、固唾を呑んで視線を交わした。

確かにそうだ。未来人ですなんて突拍子もないことを言っても、そう簡単に信用されるわけがない。それも、慎重さや忍耐強さで有名な、あの徳川家康が相手なのだ。当然ながら、今の戦況の詳しい情報を知っている蒼たち自身が、間者というこの時代のスパイである疑いもかけられているのだろう。

不安だったが、……蒼たちに選択の余地があるわけもなかった。

＊＊＊

一方その頃、織田方の丸根砦には、次々と武装した兵たちが送り込まれていた。急ごしらえなだけあって、丸根砦は、そう守りが堅いというわけではない。城壁は木造の柵でしかなかったし、物見櫓《やぐら》も、そう高くない位置に設置されただけの仮設のものだった。史実の通り、織田家にも余裕はないのだ。

だが、高校生でしかない少年少女たちの目から見れば、それは、何百人もの武装した兵に守られた、充分に恐ろしい砦に見えた。丸根砦の本丸——一之曲輪《いちのくるわ》という中核部分にある木組みの牢屋《ろうや》に、さらわれてきた五人の生徒たちは押し込まれた。

簗田軍勢にさらわれてきたのは、薙刀《なぎなた》部の慶子《けいこ》、スポーツ科学研究クラスのあさみ、女子テニス部の翔子《しょうこ》、アメフト部員の佐野《さの》、それから、野球部キャッチャーの緒方《おがた》だった。

「きゃっ……！」

「はなして!!」

あさみや翔子は、乱暴な扱いに悲鳴を上げた。腕に覚えのある慶子と、男子の佐野や緒方は必死で抵抗したが、武器を持った足軽たちには敵わずに、藁《わら》の筵《むしろ》が敷かれただけの薄汚い牢の中に乱暴に投げ出されてしまった。

「なにすんだよ！」

「どうすんだ、俺らを！」

男子二人は、両手を後ろで縛られている。それでも、佐野と緒方は、食らいつくように足軽たちをにらみつけた。足軽たちは、嫌な笑いを浮かべた。

「男は働け！　死ぬまでなあ」

「女子《おなご》は、どうするかのう……!?」

薄気味悪く笑いながら、足軽たち二人組が木組みの牢の中へと入ってきた。

「おい！」

女子たちを守るように、佐野と緒方が立ちはだかる。薙刀部の慶子も、なんとか戦おうと足軽たちに飛びかかった。けれど、牢に入ってきた足軽によって、あっさりと投げ飛ばされてしまう。

その時だった。女子テニス部の翔子が、もう一人の足軽に捕まってしまった。

「嫌だ！　やめてぇっ……!!」

翔子は、必死に抵抗した。けれど、無駄だった。容赦《ようしゃ》なく足軽たちは翔子を連れ出した。

「翔子――!!」

「おいっ、やめろぉっ……!!」

残った四人は、必死に追いすがった。けれども、どれだけ頑張っても、武装した足軽に敵うはずもなかった。

あっさりと佐野たちは払いのけられてしまった。

「嫌あぁ――っ……」

為《な》す術《すべ》もなく翔子は連れ去られ、……やがて、その悲鳴は聞こえなくなった。

＊＊＊

一方、星徳学院高校の体育館では、生徒たちが解放されていた。蒼たちの交渉が成功したからだ。生徒たちは、集まって怪我人の手当てをしていた。誰も彼もが、疲れ果てて、うなだれていた。

その中で唯一気力を保っている考太が、生徒たちの真ん中に立ってこう言った。

「――救出に参加する奴は、名乗り出てほしい」

けれど、その呼びかけに、すぐに応《こた》える者はいなかった。ほんの一時間ほどの襲撃で、あれだけの数の生徒たちが殺されたのだ。みんな、怖いのだ。

だが、こういう反応を予想していたのだろうか。たじろぎもせず、考太はゆっくりと語りかけるように続けた。

「強要は、しない。怪我人や女子は残ってくれ。特進クラスは、帰れる方法がないのか考えてほしい。救出は、あくまで戦う意志があるメンバーのみで編成する！」

冷静な考太の声に、体育館に集まった生徒たちは、ざわざわと顔を見合わせた。

考太や蒼は、松平元康との交渉を成功させ、生徒たちを見張られている状態から解放してくれた。しかし、高校を離れてさらわれた生徒たちを助けに行くとなると、これまで以上に危険だということは誰の目にも明らかだった。

すると、アメフト部キャプテンの鉄男《てつお》が叫び声を上げた。

「うおぉぉぉ!!　アメフトは、前進あるのみ！」

鉄男の気合いに、他のアメフト部員たちも全員立ち上がった。誰一人、座ったままの者はいないようだった。

「残った部員全員で、佐野を助けに行く!!」

立ち上がった七人の部員たちを見て、鉄男はそう叫んだ。アメフト部員たちも、呼応するように気合いの叫び声を上げた。アメフト部員に続いて、恋人のあさみをさらわれたボクシング部キャプテンの黒川《くろかわ》も、一人立ち上がった。

「俺も行く。刀は意外と重い。スピードは見切った」

頼もしい黒川のその声に、考太も頷いた。だが、鉄男を含めたアメフト部八人に、黒川と考太を入れても、まだたった十人だ。さらわれた五人を助け出せるとはとても思えない。

さらに参加者を募ろうと、考太は前に出た。

「俺たちは……、日本のトップアスリート集団だ！　絶対にできる!!」

その叫び声に思わず圧倒された蒼は、我に返ってあわてて考太に声をかけた。

「冷静になれって！　史実じゃ、丸根砦の兵士は、五百人いるんだよ。五百人！　学校を襲った数の、何倍の人間が……！」

「じゃあ、黙って見捨てんのか！　仲間も助けもせずに、このままここでじっとしてんのか!?」

「じゃないけど……！」

考太は、責任感が強すぎるのだ。けれど、救出部隊の人数も確保できないこの作戦は、やっぱり危険すぎると思えた。本当なら、元康の軍勢で攻め込めば、勝算には自信があったのだけれど……。

すると、薙刀部一年生の少女たちが、悲痛な声を上げた。

「先輩をっ！　先輩を、慶子先輩を……！　助けて、お願い!!」

彼女たちの言う慶子先輩というのは、確か、薙刀部の部長の名前だ。ショートヘアのきりりとした容貌《ようぼう》の少女で、薙刀は相当の腕前だという。泣き出した薙刀部の一年生たちを尻目に、遥が一人、誰とも相談せずに、すっと立ち上がった。

「わたしも、行く！」

「遥……」

蒼は、思わずぎょっとして、遥の顔を見た。心配している蒼の視線には応えずに、遥は強い意志を持ってこう言った。

「……じっとしてんの、好きじゃないんだよね」

遥も、ああ見えて全国選抜大会の個人戦では四位に入る実力の持ち主なのだ。その遥を見て、考太も頷いた。

「俺もだ」

「蒼も、でしょ？」

「……」

考太と遥の視線に、蒼は黙り込み、視線を逸《そ》らしてしまった。その隣で、空手部の煉が立ち上がった。

「──押忍《おす》！　全身凶器、相良《さがら》煉、参戦！」

お調子者に見える煉だが、空手では、全国選抜大会でも優勝するほどの腕前なのだ。自らを鼓舞するように、目にも留まらない速さで、煉は、鋭い突きや蹴《け》りなどの空手技を放った。すると、フェンシング部の成瀬も、長い前髪をかき上げると、武器のサーブルを振って立ち上がった。

「俺も行く。日本刀には、負けられない」

成瀬は、インターハイで準優勝をした経歴を持つ。その成瀬を、嫌そうに煉が見た。

「ナルシスト前髪バカもかよ」

その声に、成瀬も、すぐに馬の合わない煉をにらみ返した。さらには、野球部の藤岡《ふじおか》も立ち上がった。

「緒方とは、バッテリーだ！」

藤岡は、去年の甲子園《こうしえん》でチームをベスト4にまで導いた、野球部キャプテンにして豪腕投手でもある。藤岡は、野球部の仲間たちを見つめた。

「見捨てられるか！　……野球部も行く！」

藤岡のかけ声に、野球部全員が立ち上がった。選《え》りすぐりの運動部員たちが次々と手を挙げたのを見て、特進クラス所属で科学部員でもある萬次郎も声を上げた。

「誰か忘れてないか？　……ノーベル賞候補！」

国際科学オリンピックで金メダルを獲得したこともある萬次郎にとって、未来のノーベル賞候補というのは、誇張ではなかった。その両脇で、特進クラスで仲の良い久坂とサトシも立ち上がった。……が、やっぱり怖くなったのか、すぐにまた腰を下ろした。

見るからにひ弱そうな萬次郎の立候補を見て、意外そうにボクシング部部長の黒川が呟いた。

「なんで、特進が……」

その問いに、萬次郎は、胸を張って自分の頭を指差した。

「戦略ってのは、筋肉じゃなくて、こっち！」

わざとおちゃらけたような萬次郎の声が、体育館に響く。けれど、座り込んでしまった久坂やサトシは、もう立ち上がらなかった。他にも何人かの生徒たちが、迷いながらも結局手を挙げる勇気は持てずに、俯《うつむ》いていた。

そんな中、考太が立候補した者たちの数を数えて頷いた。

「……よし！　これで、俺を合わせて二十八人か！」

「蒼は？」

遥が、そう言って蒼を見た。……もちろん、考太も、蒼の方に目をやった。

「強制はしないけど。……もちろん、参加してほしい」

考太は、蒼を頼りにしてくれているのだ。けれど、蒼は、考太にこう答えた。

「……帰る方法は？　みんなで考えるのが現実的だと思う。正直、俺らだけで砦を攻めるなんて、無茶だよ……」

確かに、さらわれてしまった五人はかわいそうだ。五人に非があって狙われたわけではない。誰がそうなってもおかしくなかった。……蒼や遥や考太がさらわれる可能性だって、考えられたのだ。そして、もし自分が連れ去られていたら、当然、仲間が助けに来てくれることを願って待つだろう。だから、考太のやろうとしていることは正しいと思う。

けれど、蒼にはどうしても、この救出計画が無謀だとしか思えないのだ。正しいことをするために、命を無駄にしようとしているとしか……。

すると、蒼の考えを察しているのか、考太が静かにこう言った。

「無理だの無茶だの言われても、……ひたすら練習して結果を出してきた！　だから俺は……、自分の力を信じる」

「……俺は、考太とは違うよ」

思わず俯いて、蒼は、そう呟いた。正しいことだとわかっていても、こんな危険な救出計画に一緒に行くのは、無謀だとしか思えなかった。一緒に行って、最悪蒼が死ぬだけならいい。けれど、蒼みたいになにもできない足手まといが一緒では、まわりの足を引っ張って、余計な被害を出してしまうような気すらしてしまうのだ。

考太の視線に背を向けて、蒼は立ち去っていった。その蒼を、遥が心配そうに見つめた。

「蒼……」

遥が名前を呼んでも、蒼は立ち止まることはなかった。考太はなにも言わずに、遥の隣で蒼の背中を見送っていた。


体育館を出た蒼は、左手の傷口に巻かれた朝顔柄の手拭《てぬぐ》いを見つめた。これは、遥が巻いてくれたものだ。ぼんやりとしたまま、蒼は校内をさまよった。気がつくと、どこかの階段を下りていた。

……この文武両道においてエリートばかりが集まった高校で、なにかを成し遂げようという強い意志を持たない蒼は、ずっと肩身が狭かった。スポーツはなんでも人並み以上にできたし、いじめられていたというわけでもない。でも、蒼は空気みたいな存在だった。

得意な教科は日本史くらいで、弓道の腕前には自信があったが、試合では結果が出ない。結果を出すために一生懸命努力する気にもなれない。華やかに活躍しているまわりと比べると、自分の高校生活は無意味だとしか思えなかった。エリート高校生たちとも普通に友達になって仲良くやったり一目置かれていた、考太や遥とは違う。

こんなやる気も覇気《はき》もない蒼が、たいして仲も良くないさらわれた五人のために頑張る意味って、単なる自己満足でしかない気がしていた。ただ、『助けに行った』という事実を得るために、死にに行くだけなんじゃないかと蒼には思えた。だって、自分なんかが、救出作戦から生きて帰れるわけがないのだから。

すると、廊下の向こうから、甲冑《かっちゅう》が鳴る音が聞こえてきた。具足《ぐそく》を着込んだ誰かが、こちらへ歩いてくるのだ。

蒼は目を上げ、廊下の先を見た。

すると、廊下の向こうから現れたのは、錦の陣羽織と華麗《かれい》な赤い鎧《よろい》に身を包んだ、あの松平元康と、側近の本多正信たちだった。錚々《そうそう》たる武将たちを率いる元康は、廊下にぽつんと立っている蒼に気がつくと、その歩みを止めた。

「……」

元康は、側近の正信のみを連れて、蒼を手近の教室へと誘った。蒼は、緊張以上にどんどん沈み込んでいた。その蒼に、元康がこう尋ねてきた。

「──先陣の策は、練れたのか？」

「俺は……、行かないです」

「……？」

首を傾《かし》げ、元康は蒼のそばまで歩み寄り、さらにこう質問してきた。

「お主《ぬし》は、この城の棟梁《とうりよう》ではないのか？」

「棟梁？　いえ、それは……」

あわてて、蒼は首を振った。声も小さく、目も合わせられない。そんな覇気のない蒼を、元康たちが見つめている。

「取引に臨む、お主《ぬし》の覚悟は見事だった。仲間を懸命に守ろうとする覚悟が伝わったぞ」

「いや……。そんなこと、ないです。な、なんかその……。一生懸命とか、そういうのよくわかんなくて、俺」

「いっしょうけんめいとは？　『一所懸命』、ではないのか」

「え？」

元康の言っている意味がわからず、蒼は目を瞬《またた》いた。元康は、強くこう続けた。

「一つの所領を、命を懸けて守り抜く！　……そういう意味じゃ」

「あ、確か……、そうでしたね」

現代では、一生懸命という漢字を当てる方が、通りがいいかもしれない。

けれど、もともとこの言葉は、授かった領地を守り抜くために命を懸けるという、武士たちの信念を表す言葉だったのだ。元康や正信の生きたこの戦国時代でもまた、同様に一所懸命だった。

「命を懸けて、家臣と、……我が民を守り抜く。——その言葉が、わしは好きじゃ」

「……命を、懸ける？　考えたこともない……」

蒼は、思わず元康を見た。

ついさっきまで、蒼は、自分が救出計画に参加することがいかに無謀かということばかりにとらわれていた。その時思っていたのは、確かに蒼が丸根砦に行けば死ぬということだった。けれど、その死は、蒼が命を捨てることで起きる結果だった。命を懸けるというのとは、まったく違う。蒼には、自分が救出計画に参加するということは、一時の自己満足のために、大事な命をただ無駄に溝《どぶ》に捨てる行為だとしか思えなかった。

けれど、この元康にとっては、違うようだ。

なにかを守るために、命を捨てるのではなく、命を懸ける。

それはいったい、どういうことなのだろうか……？

元康は、蒼に続けた。

「お主《ぬし》たちは、先の世から来たと申したな。先の世で、わしは、どうなっておるのじゃ？」

そう聞かれ、あらためて、蒼は、彼が歴史に名を刻んだ英雄であることを思い出した。

彼が、徳川三百年の太平の世の礎《いしずえ》を築いたことで、どれだけの命が救われ、どれだけの幸せがこの日本にあふれたのだろう。蒼には、想像もつかないことだった。

蒼は、思わず戦国時代の英雄に向かって口を開いた。

「あ……、あなたは、徳川家康……」

すると、蒼の声を遮《さえぎ》るように、元康はこう言った。

「――ああ、待て、待て！　やはり、言うでない！」

楽しげにそう首を振り、元康は白い歯を見せ、快活に笑った。

「聞いてしまったら、面白くない！」

「な……、なんだよそれ……」

呆気に取られ、敬語も忘れて蒼はそう呟いた。けれど、蒼の不敬なんか耳にも入らなかったようで、元康は、遥《はる》かな未来を夢見るような瞳をした。

「どのような時代が来るのか、己の力で切り開く。考えただけで、胸が躍《おど》るな！」

すでにたくさんの領民や家臣たちの命を背負いながら、それでもなお、一国一城の主《あるじ》として生きている元康が、まるで少年のように瞳をキラキラと輝かせている。それは、見る者に同じ夢を見させずにはいられない、そんな笑顔だった。彼の魅力が、決してその容貌の凜々《りり》しさだけではないことを、蒼は悟った。

困難に満ちたこの戦国の世も、弱小大名でしかない今の自分の身の上も、なにもかもが、彼にとっては、さらに向上するという希望を秘めた現実であるらしい。平和な時代に生まれた蒼にとっては、一方的に殺されることも殴られることもなかったあの高校生活にすら、希望を見出せなかったというのに……。

「……」

蒼は、目を見開いて、元康を見つめていた。

やがて、あたりは夕闇《ゆうやみ》に満ちた。イルミネーションも街灯もない森の中では、太陽が落ちれば、暗闇はこれまでに感じたこともないほどに深かった。校舎の上を、黒雲がゆっくりと流れていく。

グラウンドでは、焚《た》き火が赤々と燃えていた。これは、弔《とむら》いの炎だった。

「うっ、うぅっ……」

生徒たちの悲痛な泣き声が、焚き火の燃える音をかき消すように激しく響いている。生き残った生徒たちが集まって、理不尽に殺されてしまった生徒たちを弔うことになったのだ。腐ったり鳥などに啄《つい》ばまれてしまう前に、遺体は墓を掘って埋葬した。犠牲者の遺品は、墓に立てたり、焚き火にくべて供養としようということになった。

生死を分けたのは、ほんの少しの運や偶然だった。誰も彼もが涙を流し、祈りを込めて手を合わせている。生き残った者たちには、こんなことしかできなかった。

「……泣くな！」

自分たちの無力さと絶望に打ちひしがれている生徒たち一人一人に声をかけ、考太は励ましてまわっていた。死んだ仲間たちを埋葬しても、まだなにも終わっていないのだ。危機が去ったわけでも、戦国時代から現代に戻れたわけでもない。

剣道部員からも何人もの犠牲が出た。仲間たちの死をあらためて目《ま》の当たりにして泣き崩れている部員たちに、考太は力強く声をかけていった。

「おい、元気出せ！　なっ！」

弓道部の生き残りたちも、悲しみに泣き崩れている。号泣《ごうきゅう》している後輩の肩を抱きしめている遥も、今にも泣き出しそうだった。

けれど、蒼だけは、悲しんでいる生徒たちから離れ、ただじっと弔いの焚き火を見つめていた。

「……」

そんな蒼のそばへ、いつの間にか遥が来ていた。蒼を促《うなが》して、弔いの焚き火から離れ、遥はそっと歩き出した。遥は振り返り、蒼の左手についた傷を見た。蒼の左手には、遥がくれた朝顔柄の手拭いが巻かれている。

「そこ、大丈夫？」

「ああ……。洗って返す」

「……うん」

遥はそう頷いた。蒼たちが目をやれば、盛大な焚き火の周辺で泣いている生徒たちを、考太がずっと励まし続けている。

考太は、どんな時にも、まわりに気を配ることを忘れない。……弱い人間を、放っておけないのだ。考太は、優しさと強さを兼ね備えている。昔から、蒼の理想だった。

やがて、考太は、救出計画に向けて準備を重ねている生徒たちにも、声をかけ始めた。

「おまえら、任せたぞ！」

救出部隊――いや、生き残った生徒たちすべてのリーダーのような考太の声に、一番気合いの入っているアメフト部は大きく呼応した。

「よし!!」

仲間の救出に気合いを入れているアメフト部員から離れると、むせび泣いている女子たちにも声をかけた。

「……おい、泣くな。泣いてても帰ってこねえぞ」

女子たちは、考太の声に頷き、次々に声を上げた。それから、特進クラスの萬次郎にも駆け寄り、こう声をかけた。

「萬次郎、頼むぞ！」

考太は、運動部で活躍しているような活発な生徒たちばかりでなく、萬次郎たちのような生徒とも、分け隔てなく付き合っていた。だから、そんな考太を信頼し、萬次郎もこう頷いた。

「ああ。準備は、できている」

「よし」

萬次郎の肩をポンポンと叩くと、考太はボクシング部の黒川や、フェンシング部の成瀬たち個人競技の生徒にも声をかけに走った。

「おまえらも頼むぞ！」

考太といると、この恐ろしく危機的な状況でも、頑張らなくてはと思える生徒は多い。なんとか救出作戦を成功させようと努めている考太を、蒼は遥と一緒にグラウンドの隅《すみ》から眺めた。

「考太は……、相変わらず凄《すご》いな」

蒼が考太を眩《まぶ》しく見つめていると、遥は頷いた。

「ロマンチストなんだよ。蒼はリアリストだけど」

「……考えちゃうんだよね。そんな必死になって、どうするんだろう？　って」

また逃げるように蒼がそう呟くと、ふと、遥がこう言った。

「信じてみればいいのに。自分のこと、もっと」

「え？」

「いつも限界見る前に、自分から降りてっちゃう。……あんなに強かった剣道を高校でやめたのも、考太に遠慮したからでしょ」

遥の言う通りだ。蒼は、本当は小さな頃からずっと剣道を志《こころざ》してきたのだ。けれど、頑張り続けている考太に肩を並べられる気がせず、高校に進学すると同時にやめてしまった。

しかし、蒼は遥に首を振った。

「そんなことないよ」

「わたしはわかってるよ。小中高って……、ずっと見てきたから」

苦笑してそう言った遥に、蒼は俯いた。遥は、悲しそうに目を潤ませた。

「どうして……、こんなことになっちゃったんだろうね。さっきまで、みんな、普通に部活やってたのに……」

そうだ。ほんの数時間前までは、蒼たちは、誰一人欠けずに、普通の高校生として生きていた。それなのに、今は、校内の相当数が虐殺《ぎゃくさつ》され、家族にすら別れを告げられないまま、グラウンドの土の下に埋葬されている。

まるで、長い悪夢にうなされているようだった。明日の朝目覚めれば、普通に家のベッドにいる気がした。けれど、……この惨劇《さんげき》は、まぎれもない現実なのだ。

遥は、震えている自分の手を見つめて、こう呟いた。

「……体は、正直だね。情けないけど、やっぱり怖い……。……だから、わたしは蒼と一緒に行きたいんだ。そしたら、わたし、……ちゃんと強くなれる」

遥は、蒼をじっと見つめた。遥も、本当はとても怯《おび》えているのだ。それでも、自分が正しいと感じることを、勇気を出して行おうとしている。蒼は、遥の勇気を知って、唇を噛《か》んだ。

するとそこへ考太がやってきた。

「——蒼！」

考太は、真剣な目で蒼を見つめている。それを見て、遥は離れていった。二人きりになると、考太は蒼に強くこう懇願《こんがん》した。

「蒼！　頼むから、砦をどう攻めればいいか、アイディアだけでもくれないか？」

考太も、そして、遥も、命を捨てに行くのではない。命を懸けに行くのだ。……さらわれてしまった、五人のために。

蒼は、意を決して親友の顔を見た。

「考太」

「ん？」

「……俺も、行くよ」

驚いたように、考太は蒼を見た。蒼は、今度は目を逸らさずに、腹を決めて考太の目を見つめ返した。

考太は、一番の友達の今まで見たことのないような強い視線に、深く頷いた。そして、蒼の肩をそっと叩いた。

蒼は、この時になって、初めて考太と本当の意味での親友になれた気がした。

……けれど、口で言うのと、実際にやるのとでは違う。蒼は、どうしても考太のようには強くなれそうになかった。さまざまな不安が、蒼の中を駆けめぐっていった。

弔いが終わったあとで、救出作戦に参加する面々は、体育館に集まって作戦会議を始めた。蒼は、運命をともにする仲間たちの視線を受け、ホワイトボードの前に立った。そして、この救出作戦のための資料を広げた。

「地図と、救出部隊の名簿。こっちが、スケジュール。地図には念のため、はぐれた時の集合場所を書いといた」

薄暗い体育館で、蒼が懐中電灯を照らして地図を示していく。考太は説明を続けた。

「丸根砦までは、このルートで行く。山道で、およそ四時間。七時に学校を出れば、十一時には着く」

蒼と考太の説明に、救出部隊の生徒たちは懸命に計画を頭に入れた。誰も彼もが、仲間を助けるために、明日には一緒に死線をくぐるのだ。

「砦の近くまで行ったら、あらためて侵入経路を偵察しよう」

「わかった」

考太が、蒼をサポートするように頷く。体育館には、非常食や攻撃で使えそうな道具類がどんどん集められていった。残ることにした生徒たちが、学校中をひっくり返してあらゆるものを揃《そろ》えてくれているのだ。集められた物資の中には、消火器や、テニスコートで使われるネットなどもあった。それに、理科室の薬品を使った道具なども作られている。

みんな、必死に蒼たちの力になろうとしているのだ。

「全員で、時計の時間を合わせよう。現在時刻は割り出した」

萬次郎が、そう提案した。救出作戦では、きっと、一分一秒が大切になる。それに、この時代の人間には、正確な時刻や時間はわからない。正確な時間がわかるということは、現代から来た蒼たちにとって数少ないアドバンテージだ。

救出部隊の面々も含め、生徒たちはみな、学校を駆けまわって準備を続けていた。考太が、蒼に尋ねた。

「警備員室にあった、トランシーバー三台はどうする?」

「一台は、リーダーの考太。残りの二台は、班編成によると思う」

徐々に、夜が更けていく。救出部隊のメンバーは、それぞれ、明日のために集中力を磨き、休息を取っていた。

成瀬は得意の武器のサーブルを持ち、その先端を丁寧に手入れしていた。鋭く磨かれた切っ先を見つめ、成瀬は決意を固めている。黒川も、一人、イメージトレーニングのためのシャドーボクシングに明け暮れていた。

「蒼！　磁石は、理科室に人数分あったよ」

遥がそう言って、体育館に飛び込んできた。移動中に迷うわけにはいかない。だから、磁石が確保できたのはありがたかった。ホッとして、蒼は遥にこう頼んだ。

「全員に配ってくれる？」

「うん、わかった」

遥は頷き、急いで救出部隊のメンバーたちのもとをまわった。

続いて、体育館では、元康が厚意で授けてくれた長櫃《ながびつ》が開かれていた。綺麗《きれい》な装飾が施された立派な細長いその箱からは、赤く染められた雄々《おお》しい甲冑が現れた。歓声が上がり、その甲冑をアメフト部員と野球部員たちが取り出した。彼らは、互いに協力し合いながら、甲冑を身に着けていった。最前線で危険な戦闘を担う両部員たちは、どんどん甲冑で防具を強化していった。

一方、戦闘に向かない萬次郎は、学校に残る久坂やサトシと一緒に、手作りの爆弾を次々に仕込んでいた。カラー煙幕弾もたくさん用意していく。

けれど……、手を動かし続けている久坂たちから少し離れ、萬次郎はなぜか、一人で赤い花を眺めていた。

「……」

その赤い花を見つめる萬次郎の瞳には、なにか強い想いが込められているようだった。

決意を固め、萬次郎は、赤い花を握り締めた。

各々《おのおの》の夜が更け、やがて、運命の朝がやってきた。すべての準備を終え、武器や防具を身に着けた救出部隊、総勢二十九名が、グラウンドへと集まった。

残ると決めた生徒たちも、救出部隊を見送りに集まっていた。戦う力のない生徒たちや、怪我をした生徒たちが、なんとか救出部隊を力づけようと、手を振ったり応援の声を上げていた。

そんな中で、蒼を激励しようというのか、救出部隊に志願した煉が、蒼に空手の黒い帯を差し出した。

「これ使ってくれ」

蒼が頷いて帯を受け取ると、煉も微笑《ほほえ》んだ。

「ああ、ありがと」

不思議だった。昨日までの高校生活ではほとんど話したこともなかったというのに、今は、一緒に命を懸けて戦う仲間なのだ。

白い空手の道着に身を包んだ煉は、怪我をして救出部隊には参加できなかった生徒たちに、次々と声をかけていった。そのそばでは、成瀬が、昨日の惨劇で助けたラクロス部の面々から手作りのお守りを受け取っている。

考太は、学校に残る剣道部員たちから手拭いを渡されていた。他の部から激励を受けたアメフト部員や野球部員も、肩を組み合って気合いを入れている。

それぞれが、救出部隊やさらわれた五人の無事を祈り、声をかけ合っていた。残る生徒たちの思いを受け取った救出部隊の面々は、さらわれた仲間の奪還を誓った。

考太は、時計を確認してこう叫んだ。

「――――行くぞ！」

救出部隊のみならず、残る生徒たちも含めた全員が、力強く鬨《とき》の声を上げた。みんなの期待を背負って歩き出した考太のあとに、蒼と遥も続いた。

学校に残る生徒たちの声援を受けながら、救出部隊の面々は、決死の表情で戦国の山道に向かった。

＊＊＊

一方、織田家の領地である尾張の清洲城《きよすじょう》では、隣接する三河《みかわ》の地図が広げられていた。今川軍を表す駒《こま》は数知れず、対する織田軍を表す駒はほんの少しだった。

清州城の本丸にあるその一室で、織田木瓜《もっこう》という、織田家の家紋が、集まった重臣たちを見下ろしていた。

織田信長《のぶなが》の前で、物々しい戦評定《いくさひょうじょう》という作戦会議が執り行われているのだ。天守閣《てんしゅかく》にあるその板敷きの間を、織田家の家紋が入った陣幕が飾っている。並み居る織田家配下の武将たちが、車座《くるまざ》になって地図を見下ろし、口々に激しく議論を交わした。

「今川軍は、すでに岡崎《おかざき》まで迫ってきておる。その数は、――二万から二万五千！」

「我が織田軍は、三千。とてもではないが……」

そう。史実にもある通り、これから行われる今川軍と織田軍の桶狭間《おけはざま》の合戦は、織田方の圧倒的不利な状況下で行われたのだ。大大名である今川家に比べれば、織田家は弱小大名にすぎなかった。京都上洛《じょうらく》のために踏み潰される、蟻《あり》のようなものだ。

この時代を生きた誰も彼も、織田家に属するほとんどの武将ですらもが、今川家の勝利を確信していた。ましてや、尾張の馬鹿《うつけ》とまで呼ばれた織田信長が、このあと天下人《てんかびと》になるなどとは、誰一人として予想だにしていなかった。

だからこそ、織田家の有力な武将たちも、一様に浮かない顔をしていた。武将の一人が、苦々しげにこう呟いた。

「籠城か……」

だが、それを聞いて、煌《きら》びやかな黒い陣羽織と朱色の着物に身を包んだ信長は、一言こう言った。

「愚策。籠城は、援軍あっての籠城じゃ」

恐ろしいほどの大大名に囲まれた尾張の若き主の声は、まだ二十七歳だというのに、威厳と自信に満ちていた。その鋭い目は明晰《めいせき》に光り、大胆《だいたん》さと、なにを仕出かすかわからないような不穏さを帯びていた。史実の通り、美男子と呼ぶに相応《ふさわ》しい容貌の持ち主ではあるが、それ以上に恐ろしい迫力が前に出ている。

「……しかし、我々は明らかに数で劣っております」

食い下がるような配下の進言に、上座に腰かけていた信長は、すっくと立ち上がった。

「戦《いくさ》は、数だけでやるものではない。臆病者《おくびょう》には、敵が常に大軍に見えよう」

信長に威圧されるように、並み居る家臣たちが、一斉に頭を下げた。家臣たちを眺め、それから、信長はこう質問した。

「籠城の逆はなんじゃ」

「――奇襲」

信長の問いに、逸《いち》早く答える者があった。それは、星徳学院高校に謎の奇襲をかけた、黒い鎧と頬《ほお》当てに身を包んだ不気味な武将、――簗田政綱《まさつな》だった。信長は、その謎めいた武将をじっと見つめた。やがて、顔を上げた他の織田家の家臣たちが、その男を見て、口々にこう呟いた。

「簗田。おったのか」

「ふん。相変わらず、薄気味の悪い……」

しかし、古参の織田家家臣団には目もくれずに、頬当ての下に顔を隠した簗田は、ただ仕えている織田信長だけを見据えていた。

「早ければ、明日にでも、今川軍と相見《あいまみ》えることになりましょう」

主君になんら臆することなく、簗田は戦評定の席へと進み出て、腰を下ろした。

「馬鹿《ばか》な……。なにを、たわけたことを」

不服そうな武将たちを無視し、簗田は、主君である信長にこう報告した。

「――信長様。突如現れた、面妖なる城を物見に」

「早いな。して？　どうじゃった」

その問いに、簗田は、野武士までもを使った虐殺のことは巧妙に伏せ、首尾を報告した。

「人質を五人、丸根の牢に。みな、面妖なる着物を身に着けております」

「ふん。面妖な城に面妖なる者ども、か……」

思案げにそう言うと、なにか数奇な運命でも感じているのだろうか。信長は、遠くを見るような目をして、不穏な笑い声を立てた。

「ははははは……。……面白い」

＊＊＊

その日の朝は、よく晴れていた。まだ早朝のうちに、蒼たち救出部隊は山道をどんどん進んでいった。あたりには、朝靄《もや》が漂っている。人の手がほとんど入っていないらしい深い森の中を、獣道《けものみち》のような山道が通っていた。

蒼たちは、隊列を組んで崖《がけ》沿いの山道を登り続けた。

「はぁ……、はぁ……」

まともに戦っては、この時代の兵たちにはとても敵わない。なんとか有利に戦うための物資を詰めた山のような荷物を、救出部隊の全員が背負っていた。

蒼は、集団の先頭付近を歩き、地図と方位磁石を確認した。峠《とうげ》付近に着くと、目印のように、道祖神《どうそじん》があった。周囲を見まわしてから、蒼は、こう言った。

「この辺りから先が、織田の領地……！」

「……いつ攻撃されても、おかしくないってことか」

考太が、慎重な口調で答えた。救出部隊に、緊張が走った。

もちろん、今川軍との合戦を控えて少数の兵しか持たない織田軍に、こんな山道にまで兵を置くような余裕はない。だから、もし、考太の言うようなことがあるとすれば、それは、……蒼たちの行動が、織田方に読まれているということだ。

不吉な予感がどうしても拭えず、蒼は、俯いたまま、山道を進み続けた。さらわれた五人を助けると決めた以上、今はもう、前に進むしかないのだ。

＊＊＊

一方、蒼たちが目指している丸根砦では、捕らわれているアメフト部の佐野や野球部の緒方が、命令された資材運びに必死に励んでいた。急ごしらえの丸根砦を強化するためなのだろう。資材集めのために、二人は巨大な丸太を何本も運び込まされていた。

今川軍との決戦は近い。丸根砦は、合戦の準備のために、引っ切りなしに兵たちが動きまわっていた。到底、逃げ出す隙《すき》などなかった。

捕まってから、水も食事も与えられていない二人は、ぐったりとしていた。

「やばい。腹減った……」

「喉《のど》、渇いたあ……！」

息も絶え絶えに、二人はそう言葉を交わし合った。このまま飲み物や食事を与えられなければ、まずい状況になる。恐怖を抑えるように、二人は再び腰を上げ、資材運びに励み続けた。

佐野たちと一緒に捕らわれていたスポーツ科学研究クラスのあさみや薙刀部部長の慶子も、一之曲輪《いちのくるわ》まわりで働かされていた。それほどまでに、この丸根砦は人員不足なのだ。

兵糧が入っているらしい荷物を協力して運びながら、あさみは、長い黒髪を揺らして呟いた。

「大丈夫かな。学校のみんな……」

こんな意味不明な連中に捕まえられ、怖いばかりだったが、意味不明なだけに、なにをされるかわからない。たとえば、学校が燃やされでもしていたら——と思うと、気が気ではなかった。学校には、あさみの恋人の黒川も残っているのだ。黒川は過去に荒れていたこともあるから、無茶をしているんじゃないかと、とても心配だった。

「！」

するとあさみや慶子のそばに、薄汚い格好をした織田方の足軽たちが、薄気味悪く笑いながら現れた。彼らは、あさみたちと一緒にさらわれてきた翔子を連れ出した男たちだった。

運んでいた荷物をすぐに投げ出し、腕に覚えのある慶子が、きっと強くにらみつけた。

「なんなのよ、あんたたち……！」

「……お主《ぬし》らも、楽しんだ方がいいぞ」

嫌らしい口調でそう言うと、足軽たちがジリジリとこちらへと近づいてきた。慶子がなんとか一人を払い飛ばしたが、相手は男だ。否応《いやおう》なく後ろに下がりながら、あさみが叫んだ。

「翔子はどこ……!?　翔子を返してよ！」

「あいつはうるさすぎるゆえ……、斬った！」

「……！」

あさみと慶子は、二人揃って息を呑んだ。まさか、連れ去られた翔子が、無残にも殺されていたなんて――。

衝撃に固まっている二人に、足軽たちが抱きついてきた。慶子が、あわてて腕を振りまわして叫んだ。

「やめろっ！」

すると、大きく声が響き、あさみと慶子の窮地《きゅうち》へ、佐野と緒方が駆けつけてきた。

「おい、よせ！」

しかし、二人の制止を無視して、足軽があさみと慶子の腕を強く引いた。

「来い！」

「はなせっ……！」

ショートヘアを振り乱し、慶子は激しく抵抗した。けれど、足軽たちは、完全に武装している。刀や槍も持っているし、具足まで身に着けているのだ。佐野も緒方も体力や筋力には自信があったが、たった二人では、とても太刀打ちできそうになかった。

「やめてよぉっ……」

四人の中でもっとも非力なあさみが、悲鳴のような声を上げた。

しかし、その時だった。突然、足軽の首が、スパッと刎《は》ねられた。

「！」

悲鳴を上げる間もなかった。血が飛び散り、首を刎ねられた足軽は、バッタリと崩れ落ちた。気がつけば、その後ろには、黒い陣羽織と朱色の着物に身を包んだ精悍《せいかん》な若い男が立っていた。

生き残った足軽は、その男の顔を見て、あわてたように地面にひれ伏した。

「の、信長様……！」

「!?」

その呼び声に、足軽の腕から解放された慶子は、目を見開いて足軽の首を刎ねた男の顔を見た。

それは、際立って容姿端麗《たんれい》な青年だった。冷静そうな目には鋭さが宿り、尋常《じんじょう》ではない覇気をまとっている。日本で一番有名といっても過言ではないその武将の名を、慶子は呟いた。

「信長……？」

その黒い陣羽織の男——織田信長は、眉間の皺を深く寄せ、忌々《いまいま》しそうに吐き捨てた。

「……醜《みにく》い真似をしおって」

信長の背後には、織田家の家臣団と思われる面々が立っていた。わずかに悲しげな表情をして、信長は、低くこう言った。

「かようなことをしておれば、……暗闇が続くだけじゃ」

そして、信長は顔を上げた。四人の人質をそれぞれ見据え、信長は続けた。

「――して？　お主《ぬし》らは、どこから来た？」

抜け目ない視線で、信長があさみたち四人を見つめている。あさみたちは顔を見合わせて困惑し、身を寄せ合った。

――その様子を、物陰《かげ》から見ている者があった。星徳学院高校を襲撃した、あの簗田政綱という武将だ。簗田は、黒い頬当てに顔を隠したまま、ただ黙って織田信長と四人のやり取りを観察していた。

「……」

＊＊＊

一方、星徳学院高校の校舎の中を、特進クラスの久坂とサトシが歩きまわっていた。友達の萬次郎が救出部隊に手を挙げたから、最初は二人も一緒に行こうと思った。けれど、すぐに怖くなって、座り込んでしまったのだ。

だが、今になってある可能性に気がつき、二人は学校中を駆けまわって調べていた。やがて、久坂たちの調査は、中庭まで及んだ。

「！」

中庭に二人がたどり着いた途端だった。久坂の持っていた方位磁石の針が、ぐるぐるとまわり始めた。こんなことは、今まで調べてきた場所では起こらなかった。

この現象には、心当たりがある。久坂は、方位磁石を見つめ、こう呟いた。

「やっぱりだ……！　S極とN極が、定まらない。ここ、ゼロ磁場だよ！」

七三分けがトレードマークの久坂が、目の前に鎮座している巨大な霊石《れいせき》を見上げた。坊主頭で小太りのサトシは、飴《あめ》玉を咥《くわ》え、霊石に圧倒されたようにに目をパチクリとさせた。

「やっぱりって……、どうしてこの石のことを？」

「一年前、行方不明になった一個上の不破《ふわ》って奴いたでしょ？」

「あー、あの超優秀だった人？　確か、屋上から突然消えたって……」

サトシはそう言うと、屋上を見上げた。もし、あの屋上から落ちたとしたら、位置関係的にはこの霊石に直撃するはずだ。この高さなら、まず助かるまい。けれど、このエリート高校でも抜きん出た天才だった不破という少年の死体は、どこからも発見されることはなかった。――消えたのだ。

学校中に貼り紙が貼られ、情報提供が呼びかけられたが、今日まで彼の行方は杳《よう》として知れなかった。久坂が続けた。

「そう。……あの人が、この霊石のこと調べてたって噂《うわさ》があって」

「そうなんだ」

こんな事件が起こらなければ、もしかすると、この失踪《しっそう》事件は、ただの怪談だとか都市伝説で済まされたかもしれない。だが、戦国時代へタイムスリップしてしまった今は、わずかな手がかりでも念入りに調べなければならない。

この時代へ来る方法が存在した以上、現代に戻る方法も存在するかもしれないのだ。

「この学校は、もともと、霊山を切り崩して造ったらしいんだ。だからこの土地自体、岩石磁気を持った火成岩の塊《かたまり》なんじゃないか？　……っていう仮説」

「だから、ゼロ磁場！」

「しかもさ！　落雷の直後に、うちらこっちの時代に来たわけだろ⁉」

サトシに説明しながら、久坂はだんだんと興奮して早口になり始めていた。もしかすると、現代に帰る方法の糸口が摑《つか》めたかもしれない。

「落雷で発生した磁力が、この霊石の強力な磁場によって、磁場バランスが一気に崩れたと仮定したら……!?」

久坂の口早な説明に、サトシもやっと理解が追いついてきた。目を見開いて、ドキドキしながらサトシが食いついた。

「なるほど！　そこに雷の発生による核反応で、陽電子が発生！　……エネルギー同士の反発と作用でワームホールが出現して、タイムトラベルが起きたとしたら――!!」

「バック・トゥ・ザ・フューチャー!!」

タイムスリップを扱った往年の名作ハリウッド映画の名前を叫び、久坂が満面の笑顔になった。久坂の叫び声に、サトシも一気に歓声を上げた。

「それ!!　……ってなんだっけ？」

サトシが首を傾げたのを見て、久坂は呆《あき》れたように答えた。

「え、知らないのかよ。……だからつまり、この霊石に雷を落とせば、もといた時代に戻れるかも、ってこと！」

久坂は、あのタイムスリップ物の名作映画で起きたのと同じ現象が、この星徳学院高校でも起こせるかもしれないと考えているのだ。

サトシは、霊石を見つめながら唸《うな》り声を上げた。

「あー……。……で？」

「いや、だから、この霊石に雷を落とせば……」

またも首を傾げたサトシに、久坂は一から同じ説明を繰り返した。

あの往年のハリウッド映画の通り、タイムスリップに必要なエネルギーは——雷だ。そういえば、不気味な赤い雨が降った昨日も、激しく雷が鳴っていた。それに、桶狭間の合戦の日、この辺りをひどい悪天候が襲ったというのは、有名な話だ。見上げてみると、空の彼方では、黒い雨雲がどんどん厚く連なっていく……！

おあつらえ向きにも、この星徳学院高校には、あの名画のような巨大な時計台まである。映画を知らないサトシは、久坂がどれだけ画期的な発想をしたのかわかっていないらしい。サトシとまったくかみ合わないまま、久坂の興奮は、しばらく冷めやらなかった。

＊＊＊

「——稲妻が落ち、雷雨とともに、今川の陣を攻める」

丸根砦の本丸である一之曲輪《いちのくるわ》の外郭《がいかく》には、二之曲輪《にのくるわ》が続いている。その二之曲輪で、あの漆黒《しっこく》の鎧を着た謎の武将、簗田政綱の不気味な声が響いていた。簗田の前を、彼の主君である織田信長が歩いている。信長は、あさみや慶子たちから話を聞き終え、丸根砦から清州城へと戻るところだった。簗田の他には、数名の小者しか付き従っていなかった。

信長は、眉間の皺を深めて呟いた。

「桶狭間、か……」

「明日の正午にでも雷雨となり、兵は乱れ、逃げようとした今川勢を一網打尽にできましょう」

まるで、見てきたかのように確信を持ってそう言う簗田に、信長は訝《いぶか》るような目を向けた。

「……簗田」

足を止めると、信長は鞭《むち》で簗田の兜《かぶと》を叩いた。

「主《ぬし》の目には、なにが見えておる？」

「信長様が天下を獲《と》る兆《きざ》しが、はっきりと」

簗田は、頬当てでくぐもった声で信長にそう告げた。眉間の深い皺を緩ませ、信長はフッと笑った。

弱小大名家の当主でしかなく、今川家の大軍勢によって風前の灯《ともしび》となっている信長の命は、これからわずか数日後にはもうなくなっているかもしれない。それだというのに、この薄気味悪い男は、まるで予言のように、はっきりと信長が天下人になると告げたのだ。

だが、信長は単純に喜ぶことも信じることもする気はなかった。手近に控えている小者の名前を、信長はふいに口にした。

「――藤吉郎《とうきちろう》」

身分は低いが、信長に付き従って、今は槍持ちをしているその男が、嬉《うれ》しそうな笑顔を浮かべて、さっと信長の前に平伏した。

「はっ！　猿、ここにおりまする」

それは、木下《きのした》藤吉郎というよく日焼けした小柄な若者だった。白い歯がよく目立ち、顔いっぱいに笑っている。どうやら、主君である信長のことが好きでたまらないようだ。本人が名乗った通り、どこか猿を思わせる容貌を持つこの小男は――、このあとで日本で一番の大出世を遂げ、後《のち》の天下人の一人、豊臣秀吉《とよとみひでよし》となる男だった。

平伏している藤吉郎と、そして簗田に、信長はこう命じた。

「わしは、面妖な者どもの話をもっと聞きたい。簗田、藤吉郎を預ける。砦の人質を増やしておけ」

指示を終えると、信長は、配下を引き連れて再び歩き出した。その信長の背に、簗田は低く頭を下げた。

「はっ」

その隣で、平伏したままの藤吉郎は、さらに深く頭を下げた。

「ははっ！」

＊＊＊

険しい山道を進み続けていた蒼たちは、しばし休憩を取っていた。地図と方位磁石を蒼が何度も確認しているそばで、救出部隊のメンバーたちも、思い思いに体を休め、水や食料を口にしている。

するると、遥がふいに、考太の木刀を手に取った。日本刀を模して造られているその木刀は、想像以上に重く、硬かった。

「凄いね。考太の木刀……」

「鍛錬用なんだ」

考太にそう言われ、遥は試しに、その木刀を振ってみた。その途端、遥は驚いた顔で叫んだ。

「重っ！」

「これ振ってると、竹刀《しない》が軽く感じる」

そう微笑んで、遥から木刀を受け取ると、考太はびゅっと素振りをした。とても堂に入った動きで、迫力があった。その鋭さを見て、蒼は考太に尋ねた。

「スピードより、パワー重視？」

「そう」

「中学入った時、三人で竹刀買いに行ったよね」

「行った行った」

考太も笑って遥に頷いた。束の間、あの平和だった高校生活が戻ってきた気がした。久しぶりに考太の屈託のない笑顔を見たように思えて、蒼も頷いた。

「一番強そうなのが欲しいって、遥が」

「そんなこと言ったっけ？」

笑いながら、遥が首を傾げて考え始めた。

すると、蒼たちから少し離れた場所で、黒川が使い古されたボクシングのグローブを大切そうに手入れしていた。そこへ、萬次郎がやってきた。

「チャンピオンのにしちゃ、ボロくない？」

萬次郎は、そう尋ねて一匹狼《おおかみ》の黒川の隣に座った。

「……あさみがくれたんだよ」

「あー。彼女か」

「付き合う前。ケンカで人を傷つけてばかりだった俺に、これだったら正々堂々と殴れるでしょって。こいつのおかげで、俺は救われた。だから……、今度は、俺があさみを……！」

黒川は、自分自身に誓うように、決意を込めてそう言った。その黒川を見て、なにか思うところがあったのか、萬次郎も、独り言のように呟いた。

「そっかー……。……僕も頑張ろ」

＊＊＊

星徳学院高校では、久坂とサトシによる現代への帰還計画が始まっていた。飴玉を口に放り込んだまま、サトシは図面を眺めた。

久坂が描き出した図面では、時計台を避雷針にして、霊石まで電線がつながっている。まず、時計台に設置した避雷針に、桶狭間の合戦で落ちる雷を導く。そのエネルギーを、この電線で霊石まで送るのだ。二人は、この電線を、『誘雷線《ゆうらいせん》』と名づけた。

久坂とサトシは、学校に残った生徒たちに指示して、時計台に、雷の電力を通すための誘雷線をつなげていた。

「──みんな、急いで！」

空を眺めて時間の経過に焦ったサトシが、学校に残っていた生徒たちにそう指示を飛ばした。怪我人たちも、なんとか身体《からだ》を動かし、久坂やサトシの指示に協力している。

すると、資料をにらみながら必死で計算している久坂に、サトシが駆け寄った。

「どんな感じ？」

サトシの質問に、久坂はこう答えた。

「『信長公記《しんちょうこうき》』によると、今川義元の着陣は、午《うま》の刻。善照寺《ぜんしょうじ》から中島《なかしま》に移動した信長軍が、義元の陣を目指したと仮定して、悪路を馬が並足《なみあし》で、時速六・六キロメートル計算で、到着と同時に雷が落ちたとすると──」

久坂の説明に耳を寄せながら、生徒たちは、霊石に送電のアルミを貼りつけている。電卓を叩いていた久坂は、やっとのことで計算を終えた。

「わかった！　雷が落ちるのは、最短で明日の十二時二十八分！」

久坂の声に、サトシがハッと顔を上げた。思った以上に、時間がない。

「砦に向かったみんなにも、知らせないと……！」

「え、でも、誰が？」

久坂がそう聞くと、声を上げた生徒がいた。

「俺が行く！」

そう叫んで駆け寄ってきたのは、陸上部で一万メートル競技の記録保持者でもある、柏《かしわ》田純平《だじゅんぺい》という少年だった。陸上部の柏田が名乗り出てくれたのを見て、サトシは思わず身を乗り出した。

「行ってくれるのか？」

「任せろ！」

走ることにしか自信のないこの少年は、救出部隊を募る体育館で、手を挙げる勇気を出せずに座り込んでいた。そのことを、ずっと悔やんでいたのだ。けれど、これほどまでに自分に適任の仕事ができたのだ。この伝令を成功させられるのは、自分以外いない。

力強く頷いた柏田を見て、サトシが急いで言った。

「よし、地図見て」

「地図、出して！」

久坂もあわててそう言う。久坂とサトシは、周辺地図を眺めながら、柏田に指示を続けた。

＊＊＊

まだ、スマホのバッテリーは生きている。スマホで時刻を確認すると、蒼は立ち上がった。そろそろ、出発しなければならない時間だ。

「──よし、行こうか」

先に立ち上がった蒼に頷き、考太も続いて立ち上がって、仲間たちに声をかけた。

「休憩終了だ。出発するぞ」

「おう」

救出部隊の面々は、考太の声に頷き、次々と立ち上がった。けれど、その時だった。

「……!?」

突然、山道を覆《おお》う周辺の深い森の中から、何人もの黒い人影が現れたのだ。数え切れない人数の──あれは、森の影にまぎれる黒い装束に身を包んだ、おそらくは、この時代には確かに存在した、忍者だ。黒い頭巾で顔を隠した忍者たちが、一斉に蒼たちに襲いかかってきた。

「おぉぉ!!」

忍者部隊は、低く体勢を構え、両刃で鉄製の小型の武器──クナイを持って、救出部隊を斬りつけていった。休憩を終えたばかりの救出部隊の生徒たちは騒然となった。

「くっ……！」

目的地の丸根砦まではまだ距離があるから、油断していた。

けれど、それでも考太はあの硬くて重い木刀を手に取り、必死に仲間を守ろうと戦った。

しかし、襲撃者たちの数は多かった。忍者たちが息を合わせたように繰り出すクナイの餌《え》食《じき》になり、仲間たちは次々に悲鳴を上げていった。

「ううっ……」

「ぎゃっ！」

どうやら、敵の忍者は、野武士たち以上にこうしたふい打ちに慣れているらしい。このままでは、救出部隊は全滅してしまうかもしれない。

「みんな、逃げろ――!!」

圧倒的な不利を察した考太が、すぐにそう叫んだ。忍者たちに襲撃されながらも、救出部隊の生徒たちは、必死に森の中へ逃げ始めた。

無我夢中で森を逃げるうちに、いつの間にか、救出部隊の面々はバラバラになってしまっていた。まわりを見る余裕すらなかった。一人森を駆け抜ける遥は、完全に孤立してしまった。女の遥を狙っていたのかどうか、そのあとを、忍者の一人が執拗《しつよう》に追いかけてくる。

「……っ！」

忍者に追い詰められそうになった遥は、背負っていたリュックを必死で投げつけた。だが、遥はそのまま、斜面の近くで転倒してしまった。地面に倒れ込んだ遥に、忍者が飛びかかる。

「くぅっ！」

遥も急いで抵抗したが、忍者はさすがに強かった。そう簡単には逃げられず、二人は揉《も》み合いになった。

すると、その時だった。助けに現れた考太が、遥をクナイで突き刺そうとしていた忍者に体当たりを食らわせた。考太と忍者は、その勢いのまま斜面を転がり落ちてしまった。

「考太ぁっ！」

遥が、目を見開いて考太を呼んだ。考太も大声を上げて遥に叫び返した。

「遥っ！　逃げろ!!」

考太は、手に持ったままだった木刀を必死に振るった。忍者は、恐ろしいスピードでクナイを振りまわし、考太を狙う。呆然《ぼうぜん》としている遥に、別の忍者が襲いかかってきた。

「あっ……！」

遥は、なんとか逃げ出そうと、懸命に抵抗した。一方、斜面の下でも考太の戦いが続いている。考太は、木刀を振るって忍者にトドメを刺そうとした。けれど、森の中での動きは忍者たちの方が圧倒的に速く、考太の木刀は避けられてしまった。

次の瞬間だった。考太の腹が、ふいに斬りつけられた。

「！」

声もなく、考太は顔をしかめた。そこへ、蒼がやっとのことで二人に追いついてきた。

「――考太!!」

駆けつけた蒼は、弓に矢をつがえ、考太を襲っている忍者を狙おうとした。けれど、敵は考太と揉み合いになっている。狙いを絞りきれずに、蒼は唇を嚙んだ。ためらっている蒼に、遥が悲鳴のような叫び声を上げた。

「蒼ぃっ……！」

ハッとして振り返ると、遥も忍者に捕まっていた。蒼は、すぐさま遥を抱え上げている忍者に狙いを変えた。

けれど、そこに、日焼けした小柄な武士――それは、木下藤吉郎だった――が現れ、まるであらかじめ遥を狙っていたかのように、強引に連れ去ってしまった。

「!!」

矢を放とうにも、盾《たて》にするようにして、忍者は遥を抱えている。下手に弓道の矢を受ければ、命を落とす危険がある。ましてや、蒼は今まで、動く的を狙ったことはなかった。

……遥ではなく、敵だけを正確に狙う自信が、蒼にはなかった。

蒼がためらっているうちに、さらなる新手の忍者が木々の間から飛び出し、襲いかかってきた。クナイで襲われ、蒼は必死に逃げまわった。

「くっ！」

それを見て、考太も、忍者を必死に振りほどいた。考太は、蒼を助けようと、全力で走り出した。

「蒼！」

考太が、蒼の名を叫ぶ。だが、まだトドメを刺していなかった考太を襲っていた忍者が、急に立ち上がり、その考太を追った。さらには、蒼を狙っていた忍者まで、考太の方へと駆け出した。

「……っ」

止める暇も、助ける余裕もなかった。二人の忍者に囲まれた考太は、クナイによって背中と腹を深く刺されてしまった。

「……!!」

考太が、声のない悲鳴を上げる。

――蒼と考太は、その瞬間、見つめ合った。

突き刺したクナイを抜くと、忍者たちは、次は蒼を襲おうというのか、それとも別の狙いがあるのか――。姿を消すようにして、さっと森にまぎれた。考太は、力なく地面に崩れ落ちた。

蒼は、駆け寄って倒れた考太の身体を抱きかかえた。

考太は、すでに息も絶え絶えの状態になっていた。ほとんど声にならない声で、考太は蒼にこう言った。

「……はる……、か……、を」

そのまま、考太は目を閉じた。抱きしめている考太の身体から生気が失われ、蒼は愕然《がくぜん》となった。遠くから、遥の悲痛な呼び声が響いた。

「考太あぁ――っ!」

その声に、蒼が目を上げると、遥はもうかなり遠いところにいた。……守れずに、遥がさらわれてしまう。蒼は懸命に立ち上がり、弓を持って矢をつがえた。

考太を——守ることができなかった。遥だけは、必ずこの手で守る。蒼は、激しく遥の名を叫んだ。

「——遥!!」

狙いを定め、蒼は、意を決し、矢を放った。

矢は、寸分のズレもなく、一直線に、遥を捕らえている忍者の腕へと突き刺さった。弓の威力は強い。あの腕は、使い物にならなくなったはずだ。

すかさず、蒼は次の矢をつがえた。

けれど、もう弓で狙うには遠すぎた。蒼一人ではどうすることもできずに、遥の姿は森の奥へと消えていった。

「蒼っ——！」

遥の声が、森の彼方へと遠のいていく。やがて、あたりは静寂に包まれた。

どうやら、蒼たちにふい打ちをかけてきた忍者たちには、こちらを全滅させるつもりはなかったようだ。

もしかすると、誰かの強い命令でもあって、新たな人質を強引にでも捕まえることが目的だったのかもしれない。呆然としている蒼を残して、忍者たちは、悠々と去っていった。

「！」

ハッと我に返って、蒼は倒れている考太のもとへと駆け寄った。

「考太っ！　……考太!!」

蒼は、考太の身体を必死に抱きしめたが、もう反応はなかった。死んでしまったのだ。

「考太……、考太……」

考太は、仲間を助けるために、命を懸けて、そして——死んだのだ。いつも頼りきりだった。どんな時も強く、そして優しかった。蒼の一番の親友だった。蒼は、それでも諦《あきら》めきれずに、考太の胸を叩いた。けれど、反応はない。

蒼は、考太の胸に顔を埋《うず》めた。

「……考太っ……」

もう、取り返しがつかない。そうわかっているのに、こらえきれずに、蒼は大粒の涙をボロボロとこぼしながら、空を見上げた。

「うぉおおおおお!!」

蒼の悲痛な絶叫が——、森の中に虚《むな》しく響いた。


伏兵の忍者たちが去り、ボロボロになった救出部隊の生徒たちは、命からがら逃げ延びて、松平元康の陣内へとたどり着いていた。元康は、大高城へ兵糧などの物資を運び入れるため、山道の近くで陣営を築いていたのだ。

元康の陣営は、敵の監視から逃れるため、山の中の目立たない場所にあった。三つ葉葵の御紋が、陣幕に力強く描かれている。夕焼けの枯れ野に敷かれた陣内で、赤い甲冑姿の兵たちが、作戦の準備に動きまわっていた。

元康によってかくまわれ、やっとのことで再び集まった生徒たちは、生存者の数を数えて愕然とした。

萬次郎が、力なく呟いた。

「残ったのは、二十三人。六人も減っていた……」

救出部隊の人数は、六人も減っていた。救出部隊——いや、生き残った生徒たちのリーダーだった考太まで、死んでしまったのだ。今や、彼らを鼓舞する者はどこにもいなかった。そして、この人数で、丸根砦へ攻め込まなくてはならないのだ。

いつでも底抜けに明るいはずの煉が、涙ぐんで歯を食いしばっている。成瀬も、長い前髪をかき上げるのも忘れてうなだれた。

「……二十三対……、五百……」

誰も彼もが、絶望したように俯き、黙り込んだ。焚き火を起こしていくら温まっても、体の震えが止まらなかった。

藤岡は、元康の陣中で燃える焚き火のそばで、救出部隊の名簿を見つめた。野球部からも、少なからず死者が出ていた。

連れ去られた仲間の緒方を救い出すために野球部の中で真っ先に立ち上がったのは、藤岡だった。だが、……野球部の仲間たちを連れてこの作戦に参加したのは、間違いだったかもしれない。

けれど、藤岡や、他の野球部員たちも、ずっと苦楽をともにしてきたキャッチャーの緒方を見捨てることは、どうしてもできなかった。緒方も、きっと藤岡たちの助けを待っているはずだった。

しかし、そう思っても、失ったものが多すぎた。後悔が拭えずに、藤岡は死者が増えていく名簿をぐしゃぐしゃに握り潰した。

「……くそっ……」

すると、陣幕の向こうから、報告を受けた松平元康や、本多正信ら、松平家の武将たちが現れた。まだ子供でしかない少年たちが絶望しているのを見て、放っておけなくなったのだろうか。救出部隊の一団に蒼がいないことを察した元康は、家臣と離れ、この奇襲で死んだ者を葬《ほうむ》った丘へと向かった。

あたりを見渡せる丘の上では、地面を掘って土を被せただけの塚に、木刀が立てられていた。――考太の墓だ。その前で、蒼は一人、抜け殻《がら》のように座り込んでいた。

「……」

強い言葉とは裏腹に呆気なく死んでしまった考太を責めたくなり、親友を失った悲しみに心を引き裂かれそうになり、……あの責任感が強くて優しかった考太を守れなかった自分が、ひどく情けなくなった。もう、どうしたらいいかわからなかった。

そこへ、あの錦の陣羽織を着た元康が、ゆっくりと現れた。凜々しい容貌を今はしかめた元康は、絶望に打ちひしがれている蒼へ、静かにこう問いかけた。

「――大将が死ねば、戦は終わり。丸根砦は目と鼻の先だが、どうする?」

その質問に、蒼は、考太の墓を見つめながら、こう答えた。

「……考太も、遥も、幼馴染《おさなな じ》みでした。ガキの頃からいつも一緒にいて、いつも支えてくれて……。すっげえ大切な……、仲間なのに……!」

二人とも、あっという間に失ってしまった。蒼には、止めることも、守ることもできなかった。無力だった。土に汚れた蒼の頬に、熱い涙が流れ落ちた。

涙を必死に拭っている蒼を、元康は、ただじっと見つめていた。

「俺は……、俺は……っ！」

元康に、こんな話をしても仕方がない。わかっているのに、こらえきれず、頭を掻《か》きむしり、蒼は悲しみにむせび泣いた。

熱い涙をボロボロと流している蒼のそばで、元康は、まったく別のものを見ていた。元康は、感慨深そうに目を細めると、ふいにこう呟いた。

「人が一人死んで……、そこまで悲しむことができる。――お主《ぬし》は、そういう時代から来たのだな」

蒼が親友を葬った墓を見つめ、元康は、そっと腰を下ろした。そして、あのキラキラと輝く少年のような瞳で、強く言った。

「わしは、勇気をもらったぞ！」

しかし、蒼には、すぐにはなにを言われているのかわからなかった。蒼が目を瞬くと、その拍子に、いくつもの熱い涙が零れ落ちた。蒼の涙を見て、元康が、整った顔を優しく微笑ませた。

「お主《ぬし》の涙が、物語っておる。いずれ、この国の戦が終わるということを。……それだけで、我が道を行く勇気が湧く」

泣いていてもなにも変わらない——考太と同じ想いを、元康は蒼に伝えようとしているのだ。

元康は、心の底から嬉しそうに微笑んでいる。それは、思わず見惚《みと》れてしまうような笑顔だった。蒼の絶望が晴れたわけではない。だから、元康の言う意味は、すぐには胸に染み込んでいかなかった。けれど、蒼の目の前で、元康は力強く立ち上がった。

墓のある丘の上から、元康は、緑に覆われた広大な大地をじっと見下ろした。

「みなは、無茶だと笑うが……。わしはな、戦のない泰平《たいへい》の世を作りたいのだ。どんな人間も……、男も女も、老人も子供も、笑って暮らせるような世を作りたい！」

彼が守ろうとしている未来の中には、きっと、蒼や、遥や、考太のような少年や少女も、たくさんいる。

蒼が今知った死にたくなるような絶望も、逃げ出したくなるような恐怖心も、すべてを知り、そして、すべてを乗り越えてきた強さを持って、元康の声が響いた。元康のキラキラと光る瞳は、美しい夕空と広大な緑の大地を透かして、遥かな未来を見据えている。彼の瞳には、本物の戦のない平和な世界が見えているようだった。

けれど、元康の強い願いと信念の込められた瞳に、無力でしかなかった蒼は、思わず憤《いきどお》った。そんなこと、簡単にできるわけがない。だから、元康の未来を知っているはずなのに、蒼はついこう呟いていた。

「どうして……っ。どうして、そんなに、本気で生きられるんだよっ……！」

「それが運命《さだめ》だと信じておる！　信じねば、道は拓《ひら》けん‼」

元康は、寸分の迷いもなく、蒼にはっきりとそう答えた。戦乱の世の中では、蒼や考太たちのような、まだ子供といってもおかしくない若者たちも、簡単に命を落としていく
――この元康もまた、まだ十八歳の少年にすぎないのだ。それなのに、元康は、自分や自分の大切な人間の命のことだけを考えているわけではない。

蒼は、身近な大切な人が死んだことが悲しい。……けれど、元康は、この戦乱の世で無為に失われるすべての命が悲しいのだ。

『信じる』。そんな抽象的な言葉は、蒼は好きじゃなかった。使う勇気がなかった。でも、……考太は好んでよく使っていた。

『――だから俺は、自分の力を信じる』

考太の強い声が、蒼の脳裏に響いた。

……本当は、考太だって、怖かったのかもしれない。自分の力を疑ったことだって、あったかもしれない。けれど、仲間を助けるために、正しいことのために、自分の力を信じることを選んだのだ。

蒼は、今になって初めて、考太の気持ちがわかった気がした。歯を食いしばった蒼の瞳から、再び熱い涙が流れた。その蒼の隣に、元康が再び腰を下ろした。

「わしには、わかる。まわりを照らし、導く光が、お主《ぬし》の中に宿っておる」

「……」

「力を持つ者には、それに見合った運命《さだめ》がある。よく考えろ。お主《ぬし》がなにを信じて、光となるのか」

まわりを照らし、導く光――。今の蒼には、それは、元康にこそ宿っていると思えた。導くような元康の声は、蒼に、『すべきことがあるはずだ』と告げているような気がした。

蒼は、ずっとずっと、怖くて、自信がなくて、逃げ出したくて、口に出せずにいたことを、ついに言葉にした。

「……俺は、俺は!! 仲間を、……遥を救い出したい!!」

蒼の声は、震えていた。その瞳に、また熱い涙が溜まっていく。元康は、やっと一歩踏み出すことのできた蒼の顔を優しく見つめていた。元康は、蒼を励ますように、力強い声でこう叫んだ。

「ならば、その道を進め！ ――仲間とともに!!」

すぐに、元康は立ち上がった。そして、考太の墓に刺さっている、形見となってしまった木刀を手に取り、蒼に差し出した。

今、考太の代わりをできるのは、……きっと、元康の言う通り、蒼しかいない。その木刀の柄《つか》には、『星徳学院高等学校』という文字が力強く彫られていた。

朝顔柄の手拭いが巻かれた左手で、蒼は、考太の木刀を受け取った。祈るように目を閉じたあとで、やがて、決意の目を開き、蒼は一歩出て、木刀を力強く振り下ろした。

蒼には、考太と一緒に励んだ剣道がある。きっと、蒼は、遥を救い出すことができる。

蒼は、考太の木刀を、ただ必死に振り続けた。

夕日が照らす墓標の丘で、元康は、蒼の姿を優しく見守っていた。広大な空と大地が、二人を包み込んでいた。

＊＊＊

同じ頃の丸根砦の牢屋には、遥が連れ込まれていた。

「うっ……！」

悲鳴を上げた遥を、織田家所属の小柄な武士——木下藤吉郎が見下ろしている。牢屋に投げ出された遥に、慶子やあさみが駆け寄った。

「遥っ！　大丈夫……!?」

慶子とあさみに抱きしめられながらも、遥は悲しみに顔を歪めた。

「わたしは大丈夫。でも、考太が……！」

「松本《まつもと》が!?」

「他のみんなは？　無事なの!?　学校にっ……」

慶子とあさみが、次々に高校の生徒たちの状況を尋ねた。それを遮って、不気味な声が地下牢に響いた。

「――増えたのは、一人か……」

「！」

ハッとして、遥たちは顔を上げた。そこには、昨日遥たちの高校をふいに襲い、生徒たちを虐殺した黒い頬当ての不気味な武将が立っていた。――簗田政綱だ。

遥たちには知る由《よし》もないが、簗田は、主君である織田信長の命令を受けて、人質をさらに増やすために、忍者を使って遥を捕まえたのだ。後ろに控えた藤吉郎に自分の兜を預けると、簗田は、まるで藤吉郎を追い払うかのように、こう命令した。

「藤吉郎。砦の様子を見てまいれ」

「は！」

簗田の下した命令に従い、藤吉郎はさっと去っていった。遥は、木組みの牢屋の中からその武将をにらみつけた。

「この男……！　学校を襲った……!!」

遥だけではなかった。さらわれていたあさみや慶子たちも、簗田をにらんだ。簗田は、顔の半分以上を覆っていた黒い頬当てを外しながら、牢の中へと入ってきた。

「まさか、校舎ごと現れるとは……。歴史の修正力か……」

簗田は、意味不明な言葉を呟いている。予想していたよりもずっと若いその素顔を間近で見て、あさみと遥が声を上げた。

「えっ!?　この人っ……！」

「行方不明になった……、不破先輩……!?」

少年にしては長く伸びた黒髪と、女性的で整った美しい顔立ち。鋭く怜悧《れいり》な眼光を見ればば、彼がとても頭脳明晰なことは一目で見て取れた。

そして、この少年の青白い顔は、星徳学院高校の生徒ならば誰でも探し人の貼り紙を見て知っている。遥は、この戦国時代で簗田政綱と名乗っている不破を見て、愕然として叫んだ。

「どうして!?　……先に、こっちに来てたってこと!?」

すると、簗田は牢の扉を叩き、不気味にニヤリと微笑んだ。

「戦国はいいぞ。くだらない偏見も、レッテルもなにもない。力だけが正義だ」

陶酔《とうすい》したようにそう囁《ささや》きながら、簗田が、じわりじわりと遥たちの方へと近づいてくる。

遥たちは、思わず壁の方へと後ずさった。

「考えてみろ。信長の未来を知る男がいて、……本能寺《ほんのうじ》の変が起きなかったとしたら？」

簗田の問いかけに、遥は眉間の皺を深く寄せた。

「なにをするつもり……？」

「かつて信長に仕え、天下を獲った男が、海外に進出して身を滅ぼしたろう？」

「……豊臣秀吉？」

「そう。歴史上、誰も知らない簗田という男が、信長を利用し、秀吉ができなかった完璧な下克上《げこくじょう》を完成させる！　飽和状態のくだらない世界を、歴史からリノベーションするんだよ」

簗田がなにを言っているのかすぐには理解できず、遥は目を瞬いた。だが……、どうやら、この男は、タイムスリップしてしまったことを利用して、歴史を変えようと目論んでいるらしい。遥は、思わず言い返した。

「……そんなこと、許されない！」

けれど、簗田は不気味に笑って首を振ると、遥の顎《あご》を強く摑んだ。

「許されないって、誰に？　歴史にか？」

薄ら笑いを浮かべながら、簗田は遥にそう言い放った。

しかし、その時だった。藤吉郎が、再び牢屋の前へと戻ってきた。

「――簗田様ぁ！」

すぐにまた藤吉郎の声が響き、簗田は遥の顎から乱暴に手を離した。

「簗田様！　抜け道の普請《ふしん》が、終わったそうでございます」

「ふん」

少年でしかない素顔を隠すように、頰当てを再び被り、簗田は牢から出た。そして、まだ年若く、身分も低い藤吉郎に、こう尋ねた。

「この者たちをどう思う？　藤吉郎」

簗田の問いに、藤吉郎は、急いで木組みの牢を覗き込んだ。どこか愛嬌《あいきょう》のある仕草で首を傾げると、藤吉郎は、自信なさげにこう答えた。

「……南蛮人《なんばんじん》で、ござりましょうか？」

「先の世の者じゃ。……秀吉」

まだ世に名も出ていない藤吉郎を、簗田は、後《のち》の英雄の名で呼んだ。しかし、当の藤吉郎は、ぽかんとして首を傾げるばかりだった。

「……は？」

呆気に取られている藤吉郎は、現代人の簗田から見れば、赤子のようなものだった。なにもわかっていない様子の藤吉郎を見て、簗田はニヤリと笑った。

「まあよい。――清洲へまいるぞ」

「あ……、はっ！」

先に歩き出した簗田を追って、藤吉郎も急いで走り出した。去っていく簗田たちの背中を、遥たちは怯えながら見送った。……これから、予想もつかないような恐ろしいことが起きようとしている。そう思えてならなかった。

＊＊＊

その夜のことだった。織田領の尾張にある清洲城の本丸では、満月がかげった夜空を見上げる男がいた。――織田信長だ。いくつもの灯心の炎が揺れる天守閣で、信長は、じっと空をにらみつけた。

「西の空より、黒雲が迫りつつある。……主《ぬし》の申した通り、か」

織田木瓜が刻まれた天守閣の一室で、信長は目を細めた。彼が振り返ると、そこには、丸根砦から戻ったばかりの簗田政綱が立っていた。簗田は、まだ高校生でしかないことなどおくびにも出さず、信長に頷いた。

「今川義元を打ち倒し、信長様はいずれ天下を獲られる。恐怖で支配し、この国の民はみな、信長様を崇《あが》めることでしょう」

確信を帯びた声で、簗田はそう告げた。

けれど、その言葉には答えず、薄暗い天守閣で、信長はゆっくりと織田木瓜を眺めた。

「簗田」

「はっ」

「人質どもは、先の世から来たと申していた」

「あまり、惑わされるのは……」

信長をいさめるような口振りで、簗田はそっと信長に歩み寄った。しかし、信長は、簗田の諫言《かんげん》を退《しりぞ》けるように、こう続けた。

「……平和な時代から来たと」

それを聞き、簗田はさっと平伏した。

「信長様」

「夢幻《ゆめまぼろし》のごとく、命尽きるならば……。わしはこの暗闇の時代を蹴散らし、日《ひ》の本《もと》の国をしっかりと照らしたいのじゃ。眩《まばゆ》いばかりの光でなあ」

灯心の光を受け、信長は、目を細めた。

この織田信長という男が先鞭《せんべん》をつけなければ、戦国の乱世が収まることは絶対になかった。後世の豊臣秀吉も徳川家康も、まったく違う運命をたどることになっただろう。未来を知っている簗田としても、簡単には歴史から消し去ることのできない相手である。

だが、簗田は、この大英雄すらをも己のために操ろうとしていた。簗田は、野心と野望に満ちた信長の瞳をじっと見つめた。

＊＊＊

一方、元康の陣幕に匿《かくま》われている救出部隊のメンバーたちは、なんとか体を休めつつも、夜を迎えていた。いよいよ、明朝が救出作戦の本番だった。救出部隊の少年たちは、元康の配下たちが用意してくれた握り飯や汁物で腹を満たすことにした。

疲れ切っている前線担当の煉に、後方支援を担う萬次郎が丸いお握りを手渡した。実際、取っ組み合いの戦闘になったら、萬次郎にできることはない。だから、こんな時はなんとか役に立ちたかった。

　萬次郎からお握りを受け取り、煉は頷いた。

「サンキュ」

　その隣で、藤岡が、湯気を立てている汁物を口にして、顔をしかめた。

「しょっぱ！」

　それを見て、考えるより先に身体が動く煉が、すぐにこう口を挟んだ。

「貸せ」

　そう言って、その汁物を煉も口にする。ゴクゴクと飲み下したあとで、煉は首を傾げた。

「あー。……そうか？」

「舌もバカか」

　肩をすくめ、今やすっかり煉と口ゲンカ仲間になりつつある成瀬も、椀《わん》に注がれた汁物を飲んだ。

「……でも、染みるな」

　成瀬の呟いた一言に、生き残った救出部隊の面々は、一斉に黙り込んでしまった。なにもかもが怒濤《どとう》の勢いですぎていったが、なにも解決していない。

　ただ一時の安堵《あんど》の中で、陣営の隅の斜面に腰かけて食事をとっていた鉄男が、ボソッと言った。

「お袋の唐揚げ、食いてぇな……」

誰も彼もが、似たようなことを考えていた。だからだろうか、自然と、視線が鉄男の方へと集まった。注目され、鉄男は照れくさそうに続けた。

「うちのお袋、滅茶苦茶ニンニク入れるんだよ。試合の日は、いつも早起きして。勝て～！　勝てよ～!!　って言いながら、ニンニクすり込んでくれんだ」

そう言いながらも、鉄男の目に涙が滲《にじ》んだ。聞いている仲間たちもまた、家族を思い出して自然と微笑み、それから、すすり上げ始めた。藤岡も、涙を拭って苦笑し、声を震わせて言った。

「うちはカツ丼だ。ベタだけど、試合にカツ！　……滅茶苦茶、美味《うま》い」

すると、煉も笑って続いた。

「うちは、ウィンナー山盛り弁当。ウィンナー、ウィナー！　……ウィンナー？」

おどけて騒いでいる煉も、瞳は熱く潤んでいた。それを見て、成瀬が小さく言った。

「ダジャレかよ」

涙交じりのその突っ込みに、救出部隊の少年たちに、笑いがあふれた。けれど、なんとか笑うことはできても、家に帰れるわけではない。

家族の温かさを思い出し、涙を流しながら、彼らは一生懸命食事をとった。

「……お袋一人にはできねえ」

鉄男が、ふいにそう言った。成瀬や煉もすぐに頷く。

「ああ。……もう一度」

「ありがとうって、言いてえな」

仲間たちに、萬次郎も力強く続いた。

「だから、でも……、助けないと！」

「……あさみは、俺が！」

そう言ったのは、黒川だ。藤岡も、決意の声を上げた。

「緒方を連れて、必ず！」

「……戻るぞ、絶対に！」

鉄男も決意を込めて強く頷く。無事に帰りたい。だが、その前に、さらわれた仲間を助ける。救出部隊の想いはやがて一つになり、少年たちは大きく声を上げた。

「生きるぞ！」

「……おう！」

高校生活は、苦しくもあったが、……楽しかった。幸せだった。充実していた。あそこで一緒に生きていた彼らは、間違いなく同じ時間と場所を共有する仲間だったのだ。

けれど、何人もの仲間が死んでしまった。それでもなお、前に進まなければならない。

食事を終え、救出部隊の少年たちは強く頷き合った。

あの幸せだった高校生活を、取り戻すのだ。

「うぉおおおお！」

少年たちは、激しく咆哮《ほうこう》した。


一方、食事をとっている仲間たちとは離れた丘で、蒼は、元康から受け取った考太の木刀を振るっていた。

蒼は、中学時代は剣道部に入っていたのだ。……しかし、考太にどうしても気を遣ってしまうから、辞めてしまった。諦めてしまったのだ。だが、蒼は、剣道には自信があった。強かったはずだと、自分自身に言い聞かせた。

今さらながら、考太の動きを思い出して、蒼は、重い木刀を何百回も振り下ろし続けた。

楽しかった高校の思い出がいくつもよぎり、考太や遥の笑顔が浮かんでは消えていく。

思い出の中では、みんな楽しそうに笑っている。でも、その中の多くが、無残にも殺されてしまった。

朝日が昇るまで、考太の想いを木刀に込めて、蒼は、力いっぱい振り下ろし続けた。


夜が明けつつある中で、松平元康と、側近の本多正信が、戦評定《いくさひょうじょう》を終えて陣中から出てきた。すると、そこには、元康の計らいで傷ついた防具などを取り替え、完全武装した救出部隊の生徒たちが集まっていた。

休息を取り終えた蒼たちに、元康が言った。

「お主《ぬし》らの奇襲が成功すれば、我らの兵糧入れも成功する。覚悟を持って、先陣を務めよ！」

蒼も、救出部隊の中に立って、元康をじっと見つめた。

「――されど、命は一つ。決して無駄にするな。己が命を懸ける時、それは……、守るべき者のために、一所懸命じゃ。心してかかれ!!」

元康の号令には芯が通っており、強い願いが込められていた。打ちひしがれていた蒼たちが決意をしっかりと固め直すには、充分な強さがあった。誰も彼もが、このあとに控えている死線を理解しながら、それでもなお、戦おうとしていた。

「おっしゃあ!!」

救出部隊の少年たちは、大きく声を上げ、元康に応《こた》えた。

それを見て、すぐに蒼が、仲間たちにこう声をかけた。

「よし……、出発しよう」

その時だった。陣営になにか異変があり、元康が首を傾げて報《しら》せを聞いた。元康の陣営に、誰かが駆け込んできたのだ。それは、必死に山道を駆け抜けてきた、陸上部の柏田だった。

「柏田……!?」

長時間走り続けたらしい柏田は、ボロボロになっていた。柏田は、そのままがっくりと地面に崩れ落ちた。

救出部隊の生徒たちが、急いで駆け寄って柏田を抱え上げた。

「……早く!」

息も絶え絶えに、泥だらけの柏田は叫んだ。

「柏田!? どうしたんだ、おまえ!」

「急いで、戻って……!!」

「どうした……!? 落ち着け!」

救出部隊の生徒たちに囲まれ、柏田は、苦しげに息を整えながら、高校に残っている久坂たちからのメッセージを伝えた。

「特進の奴らが……、桶狭間の合戦が始まる、十二時二十八分までに戻れば、雷が落ちて、俺たちのいた時代に帰れる……、可能性がある、って……!!」

「……!」

柏田の伝えたメッセージに、救出部隊の生徒たちは、動揺して顔を見合わせた。

「十二時二十八分って、……あとどんくらいだ!?」

＊＊＊

同じ頃、星徳学院高校の中庭にある霊石には、次々と誘雷線のケーブルが巻きつけられていた。残った生徒たちが、仲間たちと一緒に現代に帰るために、必死で作業を続けているのだ。

生徒たちが駆けまわる中で、霊石の前には、久坂やサトシも控えていた。

「雷が落ちるまで、あと六時間しかない！」

二人は、時計を確認しながら、頷き合った。

「帰り道も四時間はかかるから、二時間以内に丸根砦を出ないと……!! ……みんな、現代に戻れない」

時計台の避雷針は、誘雷線で霊石と結ばれつつある。ふと見上げれば、遠くの空で、不穏な黒雲がさらに激しく渦巻き始めていた。

＊＊＊

腕時計を確認し、藤岡が言った。

「——あと二時間ってことか!?」

藤岡の声に、救出部隊の少年たちは、ぎょっと息を呑んだ。思った以上に、時間がない。

「二時間で救出するのは、……さすがに無理じゃないか」

成瀬の冷静な言葉に、重苦しい沈黙が走った。

やっとのことで顔を上げた柏田は、救出部隊の人数を数え、その数が減っていることを悟ったのだろう。あわてたように声を上げた。

「だから……! とにかく、早く一緒に学校へ戻ろう! ね!!」

救出部隊を説得しようと、柏田は必死に叫んだ。柏田の訴えに、黒川がすぐに反対した。

「なに言ってんだよ！　ここまで来て、助けに行かねえのかよ!?　おい!!」

黒川がそう言う。けれど、あの忍者たちの奇襲に手も足も出なかったことを思えば、柏田の言っていることもよく理解できた。

行くべきか……、退《ひ》くべきか……。

誰も彼もが、すぐには判断できずに、俯いていた。そんな中で、逸早《いち》く声を上げたのは、――蒼だった。

「俺は、行く！」

今までの蒼には似つかわしくない声でそう宣言すると、蒼は立ち上がった。

「強制はしない。ただ、このままみんなを置いて帰ったら……。きっと一生後悔して、生きてくことになる！　……だから、俺は行く」

蒼は、あらためて救出部隊に志願してくれた生徒たち全員を見つめた。

「二時間、突っ走ろう！　俺たちなら、絶対にできる!!」

その蒼の宣言に、救出部隊の少年たちも、腹を決めた。再び気合いの声を上げ、円陣を組んで鼓舞し合った。その様子を見つめ、元康も、本多正信らとともに、兵糧の運び入れの準備に取りかかった。

――運命の時が、始まるのだ。

蒼を先頭に、救出部隊の二十三人全員が険しい山道を走り続けていた。

『――俺たちが試合に負ける時、それは相手が想像を超えた戦術をとったり、未知の選手に出会った時だ。……戦国時代にはアメフトも、ボクシングも野球もない』

丸根砦を目指しながら、出発前に蒼が仲間たちに託した言葉を、救出部隊の全員が思い出していた。

『未知のものには、必ず恐れができる。狙うのは混乱。その隙を衝《つ》いて、一気に仲間を奪い返す。ヒット・アンド・アウェイだ。俺たちが流した汗は、絶対、嘘《うそ》をつかない。トップアスリートとして、最高のパフォーマンスを見せよう。みんなを助けて、誰一人欠けないで、全員で生きて帰る！』

それが、蒼が考え出した救出作戦の肝《きも》だった。

先陣を切って丸根砦を目指していた蒼は、仲間たちを制止し、足を止めた。蒼たちは、身を低く構えた。救出部隊たちは、蒼が見ている方へと視線を向けた。そこには――さらわれた生徒たちがいる、丸根砦があった。

初めて間近で目にする丸根砦は、深い森に囲まれていた。木造りの柵と土壁による防御がなされ、物見櫓が備えられている。織田木瓜が描かれた旗印が、いくつも風にはためいていた。蒼たちは、丸根砦の陣容をじっくりと観察した。

やがて、救出作戦の内容が細部まで決まると、蒼は、仲間たちにその説明を始めた。

第三章　救出

『――攻撃は、三チームに分ける。まず、Aチームは、野球部とアメフト部』

蒼《あおい》の声が、仲間たちの中で何度も響いているようだった。蒼が考えた作戦を確認しながら、野球部やアメフト部の生徒たちが、背負ってきたバッグから、使い慣れたバットや、アメフト用の楕円球《だえんきゅう》を取り出した。他にも、頭脳派の萬次郎《まんじろう》たちがペットボトル爆弾をいくつも作ってくれていた。

野球部員とアメフト部員たちは、慣れた部活用の防具も身に着け、戦いに備えた。萬次郎の操作するドローンからの映像をもとに、蒼が、丸根砦《まるねとりで》の一番外側を囲むように広がっている、城壁の内側について説明してくれた。

『……このエリアは、三之曲輪《さんのくるわ》っていって、砦の玄関口だ。まずは、正面突破！　派手にやってくれ』

分かれる前に授けられた蒼の指示を思い出し、バットを構えた藤岡《ふじおか》ら野球部員が、準備を進めていった。楕円球のボール爆弾を三つセットするアメフト部も同様だ。

近くから丸根砦を窺《うかが》った限り、砦を守る城壁は本当に急ごしらえのものらしく、高さもそうあるわけではなかった。ただし、城門だけは、かなり厳重だった。巨大な一枚板を並べた観音《かんのん》開きの扉で、何人もの人間が同時に通れるほどの大きさがあった。

だが、二之曲輪《にのくるわ》、一之曲輪《いちのくるわ》と、深部へ進むに連れて、馬防柵《ばぼうさく》なども一応は備えられているが、まだ放り出されたままの資材も多かった。

けれど、たった二十三人の救出部隊から見れば、五百人の兵が守る丸根砦は、充分に難攻不落だった。丸根砦防衛に当たっている兵たちは、ほとんどが陣笠《じんがさ》と肋骨胴《あばらどう》の具足《ぐそく》に身を包んだ足軽だった。だが、これから命を懸けて戦うからだろうか。誰もがおそろしく強そうに見えた。

——やがて、開戦の時が来た。

丸根砦のもっとも外枠である三之曲輪を窺う野球部員やアメフト部員たちは、一気に硬球の煙幕弾をバットで打ち上げ、楕円球爆弾を蹴《け》り上げた。

まず楕円球爆弾が上手《うま》く飛び、丸根砦の城門を守る兵士たちが吹っ飛んだ。驚愕《きょうがく》と混乱の悲鳴が上がった。続いて、ペットボトル爆弾を野球部が遠投した。それは、丸根砦の土塀を越えて着弾し、カラフルな煙幕をもくもくと噴き出し始めた。

「敵襲——!!」

すぐに、煙幕に包まれた丸根砦の防衛兵たちが、大きな声を上げた。

「次！」

まずは最初の攻撃が上手くいったことを知り、藤岡が叫んだ。

このAチームが、最前線を担う。だから、人数も装備も一番充実していた。それでも、隙《すき》を見せたらあっという間にやられてしまうだろう。息を合わせた連携を見せ、野球部員やアメフト部員たちは、次々とペットボトルの爆弾を遠投し続けた。

＊＊＊

丸根砦の方角から、どよめきと怒号《どごう》が響き渡っている。

「始めたか……」

馬上の松平元康《まつだいらもとやす》は、静かにそう呟《つぶや》いた。

もくもくと巻き上がる色とりどりの煙幕は、元康たち兵糧《ひょうろう》入れの軍勢への合図でもあったのだ。本多正信《ほんだまさのぶ》が、丸根砦で起きている戦闘を確認し、元康率いる今川《いまがわ》方の供給部隊は動き始めた。

＊＊＊

煙幕にまぎれ、丸根砦の上空を、萬次郎が操るドローンが飛ぶ。ドローンに搭載《とうさい》されたカメラに映る丸根砦の様子を、萬次郎は、蒼と一緒に詳細に観察していった。

「ここまでが、三之曲輪《さんのくるわ》？」

　タブレットを覗《のぞ》き込んだ萬次郎が、隣の蒼にそう尋《たず》ねた。

「そう。三・二・一の順で、上に続いてる。三之曲輪から、東側の山道を越えて、二之門《にのもん》がある」

　蒼の説明通りだった。曲輪は全部で三つあり、三之曲輪、二之曲輪《にのくるわ》、一之曲輪《いちのくるわ》と呼ばれている。一之曲輪は、別名、本丸ともいう。そこには、砦を守る筆頭の武将がいるはずだ。

　三之曲輪と二之曲輪をつなぐ二之門は木造で、城門に比べるとかなり小ぶりだった。これなら、男が一人いればなんとか閉めることができそうだ。物見櫓《やぐら》もあったが、三之曲輪よりも外から遠いためか、弓などの遠距離武器に対する備えも甘く、ずいぶんと簡易なものだった。

「門から先が、二之曲輪。敵の主戦力は、ここに集まっているはず……」

　二之曲輪は、一之曲輪へと続く広い道のようになっており、馬防柵なども築かれ、槍《やり》兵が無数に集まっていた。ドローンで観察する限り、丸根砦を防衛する足軽の数は、二之曲輪がもっとも多いようだ。

「あ……。もう一つ、でっかい門があるけど？」

　ひと際大きな物見櫓のついた門が、奥に見える。これは、櫓門《やぐらもん》という城門だ。その先には、一之曲輪《いちのくるわ》があった。

「ここだ。この櫓門から先が、一之曲輪。人質は、一番上の、ここにいる……！」

ドローンの映像には、板葺《いたぶ》きの屋根を備えた木組みの牢屋《ろうや》らしき建物が、確かに映っていた。タブレットから目を離し、蒼は上空を見上げた。


一方、外の騒ぎは、一之曲輪にも響き渡っていた。遥《はるか》たちが捕らえられている牢屋の見張りに立っていた足軽たちも、あわただしく走り去っていった。

それを見て、あさみが歓喜の声を上げた。

「助けに来てくれた……!?」

あさみの嬉《うれ》しそうな問いに、慶子《けいこ》も頷《うなず》く。きっとそうだ。そばでは、遥が心配そうに外の様子を窺っていた。

「蒼……！」

窓の外を見上げると、そこには、空高く上昇するドローンがあった。

「！」

遥たちは、目を見開いた。あれは、あの特進クラスの萬次郎が持っていたものだろうか。

……蒼が、遥を助けに来てくれたのだろうか？

しかし、牢屋のそばには、あの簗田政綱《やなだまさつな》も控えていた。簗田は、空を飛ぶドローンを見つめ、こう言い放った。

「……ドローンか。小賢《こざか》しい……」


「集中！」

藤岡が、そう叫ぶ。野球部員たちは、油を塗り込み、火をつけた硬球を、次々にバットで丸根砦の内部へと飛ばしていった。木造が主体の丸根砦には、炎による攻撃はかなり有効なはずだ。

蒼が立てた作戦が当たり、野球部員たちは気合いを入れた。

『——Aチームは攻撃力とスピード、飛び道具がある野球部。スピードと突破力、破壊力もある、パワー系のアメフト部。……チームプレイで、とにかく敵を少しでも多く引きつけてほしい』

蒼は、Aチームの面々にそう言った。

やがて、とうとう丸根砦の城門が開いた。Aチームは森に隠れているため、弓ではとても狙えないと判断したのだろう。煙幕や炎の上げる黒煙の中から、続々と砦の防衛に当たっていた足軽たちがなだれ出てきた。

「おら！　行くぞっ！　もう一丁！」

野球部の猛練習の時のように、藤岡が厳しく叫んだ。炎を上げている硬球は、次々に足軽に命中していった。

物見櫓から見張りに当たっていた兵たちにも、火のついた硬球が次々に届いた。

「うわぁっ！」

見たこともない攻撃を次々に食らい、丸根砦を守っていた兵たちは動揺していた。続けて、がっちりとフォーメーションを組んだアメフト部員たちが、陣形を作った。

先陣を切った鉄男《てつお》が、号令をかける。

「レディー！　セット！　ハット!!」

その合図とともに、アメフト部員たちは、勢いよく足軽たちに飛びかかっていった。

「うぉおお——!!」

フェイントをかけて足軽の槍をかわし、完璧に連携した鉄男たちは、猛タックルで次々と足軽たちを潰していった。さらには、野球部の打つ火炎球の援護もある。

すべて、蒼の作戦通りだった。

蒼の作戦を思い起こしながら動いていた野球部員とアメフト部員たちは、協力して丸根砦の城門を目指した。

＊＊＊

一方、丸根砦裏手の斜面を、煉《れん》と成瀬《なるせ》が、身を隠しながら登っていた。木造りの柵をそっと乗り越えると、煉と成瀬は、蒼に指示された作戦を思い出した。

『騒ぎに乗じて、Ｂチームは、裏側から侵入して、内部を混乱させる』

つまり、城門に注意を集めた隙に、裏からも攻め入るという、陽動作戦というわけだ。

さらには、この救出作戦自体も陽動で、松平軍による大高城《おおだかじょう》への兵糧入れも成功させる。

――これが、蒼が考え出して元康に提案した策の全貌《ぜんぼう》だった。

「足引っ張るんじゃねえぞ、前髪バカ！」

短気な煉が、成瀬に叫ぶ。成瀬もこう答えた。

「そのまま返す。空手バカ」

すると、その時だった。

Ａチームによって派手に攻撃を受けている城門に駆けつけようとしていた数人の足軽が、

煉たちの侵入に気がついた。すぐにこちらへ駆け寄ってきて、足軽たちは、煉たちをじっとにらみつけた。

「……なんだ、お主《ぬし》ら！」

足軽の一人が、そう声を荒げた。物々しい槍を手にした足軽たちに囲まれても、煉と成瀬が動じることはなかった。

「借りるぜ！」

そう言うと、煉は、成瀬の肩に手をかけ、鋭いまわし蹴りを放った。その勢いのまま、煉は連続で突きを叩き込み、足軽の一人が吹っ飛んだ。しかし、この丸根砦には五百人もの兵がいるのだ。続々と集まってきた足軽に囲まれると、二人は背中を合わせ、戦名乗《いくさなの》りを上げた。

「星徳《せいとく》学院空手部！」

「同じく、フェンシング部！」

そう叫ぶと、二人は息を揃《そろ》えて、足軽たちの間をすり抜けるように走り出した。走りながら戦い続ける二人を、無数の足軽たちが追いすがっていく……。

一方、三之曲輪《さんのくるわ》に設置された物見櫓の奥には、Cチームに振り分けられた生徒たちが身を潜めていた。萬次郎と黒川《くろかわ》、それから蒼だ。

『Cチームは、俺とボクシング部、それと科学部。手薄になった牢屋を、最短距離で目指す』

蒼は、最後の作戦会議で、仲間たちにそう告げた。陽動はAチームとBチームに任せ、一番危険な奪還役は、リーダーの蒼自身が行う。だからこそ、この救出作戦には強い芯が通るのだ。

山側から侵入した蒼たちは、丸根砦の一番奥深くを目指して、そっと走り始めた。だが、すぐに、物見櫓に控えていた見張りに見つかってしまう。

「曲者《くせもの》――っ！　……うわっ⁉」

その見張り役の男は、急に叫び声を上げ、目を押さえた。萬次郎が放ったレーザーポインターの緑の光が、まっすぐに目を貫いたのだ。

萬次郎は、レーザーポインターを掲げながら、得意げにこう言った。

「改造品だからね。目ぇ潰れちゃうよ」

怯《ひる》んでいる見張りに、蒼は、迷いなく弓矢を放った。蒼の矢は、見張りの腕に命中した。だが、すぐにも背後から、別の足軽たちが現れた。

「曲者っ……！」

「下がって！」

すかさず、蒼はどんどん矢を放ち続けた。

「曲者……っ。うぅっ……」

足軽たちは、蒼の矢を受け、次々に動けなくなっていった。その隙に、萬次郎が、持ってきた花火弾に着火した。

「はい、できたっ！」

「おう！」

萬次郎から花火弾を受け取り、黒川が、足軽に投げつけた。弾け出した火花と煙に怯《おび》え、足軽たちは後ずさりをした。活路が開き、蒼は叫んだ。

「よし、行くぞ！」

「おう！」

蒼たちは、すぐにも全速力で走り始めた。

丸根砦の片隅《すみ》では、佐野《さの》と緒方《おがた》が、また資材運びを命じられていた。だが、ようやく佐野たちのもとにも騒ぎの声が届き、二人は顔を見合わせた。

「!?」

「……来たんだっ!」

　まわりを見渡せば、佐野たちにつける監視の余裕もないのだろう。槍を持った足軽たちが、佐野たちを無視して走り去っていった。二人につけられている監視の数も、目に見えて減っていた。

　みんなが、仲間が、自分たちのために、命を懸けてくれている。佐野と緒方は、力強く頷き合った。

「俺たちもやるぞ!」

「ああ!」

　佐野と緒方は運んでいた丸太を抱えて、力を合わせて残った足軽に立ち向かっていった。

「うぉおりゃぁ――――!!」

　一方、アメフト部員たちと野球部員たちは、ついに丸根砦の城門から内部に突入することに成功していた。

三之曲輪《さんのくるわ》に控えていた足軽たちの武器は、槍がほとんどだった。槍はリーチが長いが、懐《ふところ》に入ってしまえば、今度はその長さが不利になる。アメフト部員の繰り出す素早いタックルに、足軽たちは、為《な》す術《すべ》もなく昏倒《こんとう》していった。野球部員たちは、テニスネットの両端を持って足軽兵を追い込んだ。さらにそこへ、アメフト部がタックルをかけ、足軽たちは崩れ落ちた。

「中継！　中継っ!!」

時間をかけすぎると、救出部隊の人数が少ないとバレてしまう。藤岡が、隙を作らないように叫び続けていた。

「城島《じょうしま》――――！」

藤岡が、野球部員の名前を呼ぶ。彼から投げられたボールをキャッチすると、藤岡は、孤立して足軽の一人に追い詰められてしまったアメフト部員を助けるため、剛速球を叩きつけた。藤岡の剛速球を食らって怯んだ足軽を、孤立していたアメフト部員がタックルで潰した。しかし、直後に背後から現れた別の足軽にふいを衝《つ》かれ、その少年は背中を斬りつけられてしまった。

「ぐあっ！」

「亮祐《りょうすけ》えっ！」

「亮祐――！　あっちだ！」

鉄男たちアメフト部員たちが、背中を斬りつけられた仲間を物陰《かげ》に運んだ。残りの部員たちが、鉄男たちを守ろうとフォーメーションを組み直し、足軽たちを襲う。だが、傷が深すぎた。背中を斬られたアメフト部員は、あっという間に息を引き取ってしまった。

「……亮祐!!　……うぁあああああ！」

悲しみと怒りに、鉄男は咆哮した。しかし、今は泣いている場合ではない。立ち上がり、鉄男は仲間を鼓舞した。

「前進あるのみ!!」

傷だらけになりながらも、アメフト部員たちは、再び鉄男のもとに集まった。けれど、この頃から、Aチームの面々には疲れが見え始めていた。さすがに、人数が違いすぎるのだ。激戦が繰り広げられ、少しずつ、Aチームの仲間たちは数を減らしていった。

野球部員もまた一人倒れ、最期の一言を藤岡に残した。

「……ありがとう……」

「ありがとうじゃねえよ!!」

藤岡は、死にゆく仲間に涙でそう答えた。壮絶な戦いの中で、アメフト部員も野球部員も、絶叫《ぜっきょう》と咆哮を上げ続けていた。

＊＊＊

清洲城《きよすじょう》の本丸で、織田信長《おだのぶなが》は、今もまた、空を見上げていた。そこへ、火急の知らせが入った。

「――信長様！　丸根砦に、今川軍が奇襲を仕掛けてきたとのこと！」

「うむ。時が来た、か。……陣ぶれじゃ」

信長はなんら動じる様子もなく、そう言った。彼がこれから向かうのは、蒼たちのいる丸根砦ではない。――日本史を変える大舞台なのだ。蒼たちが命を懸けている間にも、歴史は恐ろしいほどの強さで動いている。信長は、強く配下たちにこう告げた。

「桶狭間《おけはざま》にて、今川を討つ！」

＊＊＊

遥たちが捕らえられている牢の前に立っていた簗田のもとへ、木下藤吉郎《きのしたとうきちろう》が駆け込んできた。

「簗田様！　ご報告いたします！　奴ら、同時に何箇所にも攻め手を！　援軍を呼んだのかと……！」

平伏しながらそう報告した藤吉郎に、簗田はこう答えた。

「さすがに、知恵がまわるか……」

「いかがいたしましょう？」

藤吉郎が、そううかがいを立てる。簗田は不気味に笑い、牢にいる遥たちを眺めた。

「どうせ、たいした人数はいない。……藤吉郎、焦らず手はず通り進めろ」

「は！」

藤吉郎は、すぐにそう答えた。遥たちは、少しもあわてる様子のない簗田を、ただ不安げに見つめていた。


一方、丸根砦の片隅では、囚《とら》われの身だった佐野と緒方が力を合わせて暴れ続けていた。しかし、敵の兵は、次々に襲いかかってくる。圧倒的な敵の人数に負け、ついには、二人とも地面に投げつけられてしまった。

「うわあっ……！」

佐野と緒方は、思わずそう声を上げた。尻餅《しりもち》をついている二人を、槍を持った足軽たちが押さえつけようと手を伸ばしてくる。

「おら!!　立て!」

「立て!」

なんとか力の限りを尽くして暴れまわったのだが、抵抗虚《むな》しく、佐野と緒方は、また捕らえられてしまった。

今度こそ、殺されるかもしれない。だが、足軽たちに殴りつけられながらも、佐野と緒方は諦《あきら》めなかった。仲間たちが、命を懸けて救いに来てくれたのだ。またおめおめとただ捕まるわけにはいかない。

そこへ、ふいに足軽たちに攻撃をする者が現れた。

「……!」

それは、煉と成瀬だった。煉の鋭い蹴りが連続して放たれ、成瀬のサーブルも激しく閃《ひらめ》いた。佐野と緒方が呆気《あっけ》に取られているうちに、二人を囲んでいた足軽たちは、全員倒れていた。

「よっしゃ!　おりゃっ!!　しゃっ!」

敵をすべて倒した煉は、そう叫んで気合いを入れた。嬉しさを隠し、緒方は涙をこらえて煉にこう言った。

「おせえよ、空手野郎……っ」

「ヒーローは、遅れてくるからヒーローなんだよ!」

足軽を叩きのめした煉は、息を切らしながら緒方にそう言い返した。足軽たちが全員倒れたのを確認した成瀬が、トランシーバーで蒼に連絡を取った。

「――蒼！　男子生徒は救出した」

「よしっ！　早い！　そのまま一之曲輪《いちのくるわ》へ‼」

物見櫓の前を通り抜けて駆けていた蒼は、急いでトランシーバーにそう答えた。そこに、再び新たな足軽が現れた。

「曲者っ！」

ハッとして、蒼は素早く弓矢を射た。蒼の矢は、見事に足軽の肩に刺さった。けれど、すぐにも他の足軽が現れて、蒼たちに向かって襲いかかってきた。

すると、目にも止まらぬスピードで、黒川がさっと前に出た。軽快なステップで攻撃を避けて、襲ってきた足軽に、黒川は強烈なフックを食らわせた。黒川があさみからもらったそのグローブは、鎖を巻きつけて改造され、実戦用にしっかりと強化されていた。

次々に襲いかかってくる足軽たちに、黒川はどんどん強烈なパンチを叩き込んだ。足軽たちは倒れ込み、斜面の下へと転がり落ちていった。

蒼たちは、目的地へ向けて、再び走り出した。


三之曲輪《さんのくるわ》では、ボロボロになった藤岡が、トランシーバーを握っていた。

「──聞こえるか……、蒼！」

『聞こえる！』

「こっちは、なんとか制圧したぞ……っ」

涙が流れそうになるのを、藤岡はこらえた。確かに、三之曲輪での戦いは終わった。けれど、Aチームの被害は甚大《じんだい》だった。藤岡のまわりには、無数の仲間たちの亡骸《なきがら》があった。

生き残った者たちも、涙に暮れていた。

血と泥まみれになった藤岡は、涙を拭《ぬぐ》ってトランシーバーを握り締めた。

──まだ、戦いは終わっていないのだ。

一方、藤岡から連絡を受けた蒼は、二之門へとたどり着いていた。その横で、門のそばの柵を細身の萬次郎が乗り越えた。蒼は、トランシーバーに叫んで指示を出した。

「そのまま二之曲輪《にのくるわ》に上がって！」

『了解！』

藤岡の返事に頷き、蒼は腕時計を覗き込んだ。

「あと五十分……！　行ける！」

「蒼、こっちだ！」

内側から二之門を開いて、萬次郎が叫ぶ。二之門を通過し、蒼たちはさらに丸根砦の奥深くへと進んだ。


Bチームの煉たちは、今もなお、脱出を図って戦いを続けていた。捕らわれていた佐野や緒方を助け、煉と成瀬が駆けていると、また足軽たちが追いすがってきた。

「待てぇい！」

「……くそっ！　おまえら、先に行け！」

佐野や緒方にそう声をかけると、猪突猛進《ちょとつもうしん》な煉は足軽の方へ向けて飛び出した。成瀬も、煉の援護に続いた。足軽の攻撃を、成瀬がサーブルで払い、煉がさらに飛び蹴りを食らわす。成瀬が、サーブルで足軽にトドメを刺した。

すぐさま、別の足軽たちが駆けつけてきた。それを、煉と成瀬は連携した動きで次々と撃破していった。今や、二人の動きは完全に息が合っていた。命を懸けた戦いの中で、連携が研ぎ澄まされていったのだ。

「おっし！」

今度は煉の足技がトドメとなり、足軽は斜面を転がり落ちていった。だが、キリがなかった。また別の足軽が現れ、さらにそのそばには、あの襲撃の時にいた簗田政綱の馬廻《うままわり》を務めていた、恐ろしく屈強な鎧《よろい》武者まで控えていた。

簗田の馬廻は、他の足軽とは違い、重々しく一分の隙も見えない黒い甲冑《かっちゅう》に身を包んでいる。あれでは、どこを攻撃したら有効なのかわからない。

「くっそ……」

足軽や簗田の馬廻に挟まれ、煉と成瀬は、今やすっかり慣れた戦闘態勢を取った。互いの背中を守るようにぴったりとくっついて立ったのだ。

「ははは……、ビビッてんのか？　前髪」

震えながらも、笑って煉がそう言う。成瀬も、トレードマークの長い前髪をかき上げて言い返した。

「笑わせんな！」

二人は息を合わせ、交互に攻撃を仕掛けた。なんとか足軽は全員倒すことができたが、さすがに戦い慣れている馬廻とのやり合いは厳しかった。軽々と煉を投げ飛ばされ、成瀬の剣も弾き飛ばされた。

たった一人残った簗田の馬廻は、少しも怖気《おじけ》づくことなく、鋭く刀を構えた。

「……南蛮《なんばん》の剣など、……笑止！　ふん！」

どうやら、相当腕に自信があるらしい。気合いの声を上げると、馬廻の武者が、激しく斬りかかってきた。煉と成瀬は、同時に目を見開き、息を呑《の》んだ。

「！」

一方、藤岡や鉄男ら、生き残った野球部とアメフト部のAチームが、二之門を目指して猛然と走っていた。

「来たぞーっ！」

すぐにも、見張りに立っていた足軽たちの声が上がった。二之門の脇からふい打ちのように現れた足軽を、藤岡が剛速球で倒した。

「！」

その途端、肘《ひじ》に鋭く強い痛みが走り、藤岡は顔をしかめた。

「くそ！　もってくれよ……！」

肘を押さえ、藤岡はそう呟いた。守りが手薄になっていた二之門を越えると、体勢を低くして、藤岡たちはあたりの様子を窺った。

すると、そこへ、声がかかった。

「――藤岡さん！」

その声に、ハッとして、藤岡は顔を上げた。それは、この丸根砦に捕らわれていた、緒方の声だった。一緒に捕まった佐野もいる。

「緒方！」

「緒方ぁっ！」

緒方は、藤岡のそばまで来ると、涙で顔をぐしゃぐしゃにした。

「藤岡さんが……、来てくれるなんて……っ」

「誰が俺の球受けんだよ」

　そう言って笑い、痛む肘を隠し、藤岡がグローブで緒方を小突く。他の野球部員も駆け寄って、生き延びていた緒方を強く抱きしめた。

　一方、鉄男たちも、帰ってきた佐野に、歓声を上げた。

「無事だったか、佐野！」

　戻ってきた佐野を抱きしめ、アメフト部員たちも再会を喜んでいた。佐野も、嬉しそうに泣いている。

「鉄男！」

「よかったっ……！」

「みんなは一之曲輪《いちのくるわ》に向かってるって！　俺らもっ……」

　佐野が、煉たちに教わっていた伝令を仲間に告げた。

　だが、その瞬間だった。鉄男の防具を、鋭い矢が突然貫いた。

「うっ……！」

「……え!?」

　勢いよく飛んできた矢が刺さった鉄男を、アメフト部員たちは無我夢中で抱きかかえた。

　混乱しているAチームの仲間たちに、藤岡が叫んだ。

「伏せろ！」

それと同時に、二之門の下から、弓を構えた足軽が三人現れた。三之曲輪《さんのくるわ》に、まだ生き残りがいたのだ。奴らは、弓を取って追いかけてきたらしい。けれど、弓を持った追っ手たちにも構わず、まだ混乱している佐野は、矢が突き刺さって呻《うめ》いている鉄男に縋《すが》りついた。

「鉄男ぉっ……！」

「なにやってる!! 行け、行けっ！」

藤岡は、必死でAチームを鼓舞し、叫び続けた。藤岡の指示に従い、鉄男を抱えながら、Aチームの生徒たちは、なんとか物陰まで逃げ込むことができた。

簗田政綱の馬廻と戦っている煉と成瀬は、苦戦しながらも、まだなんとか持ちこたえていた。だが、馬廻の武将の太刀《たち》さばきは恐ろしく速く、甲冑の守りも堅い。少しずつ、限界が近づきつつあった。

とうとう、最前線で技を繰り出し続けていた煉が、膝《ひざ》を地面についた。

「ぐうっ……」

煉を助けるために前に立った成瀬が馬廻に斬り込まれ、首もとに迫る刀を必死で受け止めた。

　すぐに煉が立ち上がり、成瀬とともに、なんとか馬廻を押し返す。その拍子に地面に落ちた成瀬のサーブルを急いで拾い、煉が手渡した。

「前髪っ！」

　もうほとんど、二人は息も絶え絶えだった。それでもなお、諦めずに戦おうと、煉と成瀬は構えて馬廻の武者をにらんだ。

「ふんっ！」

　恐ろしいような気合いを吐き出し、馬廻の武者は、激しく斬り込んできた。煉が斬られ、なんとかカバーしようとした成瀬が、一人で馬廻の太刀を受けた。しかし、その勢いに圧《お》され、吹っ飛ばされてしまう。

　地面に腰をついた成瀬に、じりじりと馬廻の武将が近づいていく。

　もはや、絶体絶命だった。

　成瀬は、心の中で覚悟を決めた。

　追い詰められた成瀬にトドメを刺そうと、馬廻の武者が、思いきり太刀を振りまわした。

　そこへ、煉が成瀬を庇《かば》おうとその前に出て、刀を自分の体で受け止めた。

「！」

成瀬は、目を見開いた。

馬廻が振るった大きな太刀が、煉の首もとにしっかりと食い込んでいる。馬廻の武将は、渾身《こんしん》の力で、そのまま太刀を振り抜いた。首筋に深く傷を受けたが、煉は、最後の力を振り絞り、馬廻を蹴り倒した。

煉の血が、勢いよく散る。同時に煉は、成瀬のそばへと倒れ込んだ。成瀬は、すぐさま血まみれになった煉の体を抱きしめた。

「お……おいっ……。しっかりしろ……っ」

涙をこぼしながら、成瀬は、煉の傷口を手で強く押さえた。しかし、出血は激しく、とても止めることはできなかった。煉は、霞《かす》む目で成瀬を見上げ、声を絞り出した。

「……先、行くぜ……。前髪……、バカ……」

――成瀬を放り出して、逃げなくてよかった。

煉の脳裏に、松平元康の檄《げき》がよぎった。煉は、自分が信じた通りに、命を懸けたのだ。ともに死線をくぐった仲間を救えた己を誇りに思い、煉は、ふっと微笑《ほほえ》んだ。それが最後だった。煉の体から力が抜け、その瞼《まぶた》が落ちた。

「お……、おいっ……!」

煉は、自分を庇って死んでしまった。絶望した成瀬の瞳に、やがて強い怒りが燃えた。

ゆっくりと煉の身体《からだ》から手を離すと、サーブルを拾い上げ、成瀬は馬廻に向かった。

「うおぉぉ――――!!」

死んでしまった煉が、成瀬に最後の力を貸してくれているようだった。恐ろしいほどの気迫で、成瀬は、簗田の馬廻を斬りつけた。閃光《せんこう》のような速さで、鋭くサーブルを振るった。だが、馬廻も攻撃を返し続けた。成瀬の脇腹から、熱い血がほとばしる。

追い討ちをかけて成瀬を仕留めようとする馬廻に、成瀬は、渾身の一撃を返した。成瀬のサーブルは、馬廻の武者が身に着けている甲冑の隙間を突き、その首筋を斬り裂いた。

「ぐわっ……」

馬廻の武者が、絶命の声を上げた。やっとのことで、馬廻の武者は地面に崩れ落ちた。

満身創痍《そうい》となったが、成瀬はなんとか、息も絶え絶えに這《は》いつくばって、煉のもとへ向かった。成瀬は、煉の亡骸を見つめ、涙を流しながら、もう一度強く抱きしめた。

「……煉！　……ありがとう……」

二之曲輪《にのくるわ》でも、死闘は続いていた。矢が刺さった鉄男を連れて物陰に逃げ込んだAチームのメンバーだったが、弓を構えた三之曲輪《さんのくるわ》の残党がまだこちらを狙っているのだ。

煉たちに救われた佐野が、防具を外して鉄男の状態を確認した。

「おい、鉄男！　大丈夫か！」

「くそっ……！　ぐうっ!!」

自分に突き刺さった矢を、鉄男は強引にへし折った。だが、ほとんど致命傷だった。この傷と状況で、鉄男には、自分が助かるとは思えなかった。

窮地《きゅうち》に陥《おちい》っている仲間を救うために、鉄男にはやらなければならないことがある。鉄男は、荒い息を吐きながら、ともに命を懸けて戦った仲間たちを見つめた。

「……俺が、囮《おとり》になる。おまえらは行け！」

「は？」

「なに言ってんだよ！」

「鉄男！」

何年もの間苦楽をともにしてきたアメフト部の仲間たちが、必死に声を荒げた。しかし、ためらっている猶予《ゆうよ》はない。深い怪我を負った鉄男が仲間たちの足を引っ張っては、全滅してしまう。だから、鉄男は叫んだ。

「キャプテン命令だ！」

「そんな命令、聞けるわけないだろ！」

さらわれ、仲間たちに命を懸けさせてしまった佐野が、悲痛にそう叫び返した。けれど、鉄男は首を振った。

「みんなを連れて帰れ！　あと……、お袋に伝えてくれ。唐揚げ……、世界一美味《おい》しかったって……！」

願いを込めた鉄男の悲痛な声に、アメフト部員たちは涙をボロボロとこぼした。ともに死線をくぐった野球部員たちも、鉄男を必死に見つめている。その仲間たちに、死を悟った鉄男がこう叫んだ。

「頼んだぞ！」

鉄男は、仲間を置いて一目散に物陰から飛び出した。仲間たちは、目を見開いて鉄男の後ろ姿を見つめた。

「鉄男ぉっ……！」

「鉄男──っ‼」

しかし、鉄男はもう、振り返ることはしなかった。二之門まで追いかけてきていた足軽たちに向けて、鉄男は激しく走り込んだ。

「お──いっ！　こっちだ‼」

弓を構えた三之曲輪《さんのくるわ》の残党たちは、一斉に鉄男を狙い、矢を放った。次の瞬間には、鉄男の体中に何本もの鋭い矢が突き刺さった。

「鉄男!!」

佐野が、大切な友達の名前を必死に叫んだ。鉄男を助けようと、無我夢中に飛び出そうとするアメフト部員たちを、藤岡が止めた。

「行かなきゃダメだ!!」

「けど！　けど……!!」

「あいつのためにも！　行くぞ！」

涙を流して取り乱している佐野たちを、藤岡や緒方が、無理やり引きずっていく。なんとか敵の前に躍《おど》り出た鉄男は、矢が刺さったまま、なおも二之門に向けて進み続けた。

「ううっ……！　……前進っ……!!」

目が霞み、足に力が入らなくなっても、なおも鉄男は、仲間のために二之門にすがりついた。最後の力を振り絞って、鉄男は、なんとか二之門を閉めようとした。その鉄男の体中に、容赦《ようしゃ》なくさらに矢が何本も突き刺さった。

「……っ!!」

膝をついた鉄男の背に、追い討ちをかけるように矢が刺さり、その巨大な身体は、ゆっくりと地面に倒れ込んだ。

最後に母のことを思い出しながら、……鉄男はそっと、目を閉じた。


一方、蒼たちCチームは、二之曲輪《にのくるわ》の奥深くにまで到達していた。だが、そこには、槍を持った足軽が集結して待ち構えていた。

「まだ、こんなに……！　さすがに、この数じゃ瞬殺だよ……」

萬次郎も、絶望に声が震えている。

ゴールの櫓門が、すぐそこに見えているというのに……。

すると、そこへ、正面から攻め込んでいた藤岡たちAチームが蒼たちのもとへと合流した。

「蒼……！　待たせた……!!」

満身創痍の藤岡たちを見て、蒼たちは目を見開いた。救出部隊の主力だったAチームは、半分近くもその人数を減らしていた。

しかしその悲しみに満ちた瞳には、まだ闘志が宿っている。

彼ら全員の命を背負った蒼は、彼らの瞳を見て、その想いを感じ取り、なにも聞かずにこう言った。

「……よし！　行くぞ!!」

「おう！」

「腹、くくるか」

ため息をつき、死地を前に、萬次郎はペットボトル爆弾の用意を始めた。Ａチームで前線を担ってきた仲間たちも、頷いて萬次郎からペットボトル爆弾を受け取った。そして、次々着火していく。

蒼も、弓に矢をつがえ、低く構えた。

「よし！」

そう叫び、蒼は、仲間たちの先陣を切って迷いなく飛び出した。集まった仲間たちも、誰一人遅れることなく、蒼に続いた。


最初に飛び出し、ほとんど的のようになっている蒼は、迷いなく、櫓門上の兵士に矢を放った。それと同時に、蒼を援護しようと、藤岡と緒方がペットボトル爆弾を投げた。

「突っ込めぇ――!!」

最後の力を振り絞った気合いの咆哮を上げ、救出部隊の仲間たちは、一斉に走り出した。

敵の中でペットボトル爆弾が爆発し、二之曲輪《にのくるわ》で大乱戦が始まった。

　足軽の攻撃をなんとかかわしながら、蒼は矢を放ち続けた。救出作戦の中核を担う蒼を、黒川が鋭いステップワークとパンチで援護する。黒川に助けられながらも、蒼は精確に矢を放ち、二之曲輪の足軽たちを狙っていった。

　蒼の矢は恐ろしいほどに研ぎ澄まされ、近くにいる槍兵も、遠くで弓を構えている兵も、あっという間に倒れていった。

　弓でこちらを狙っていた見張りたちを全員倒したのを確認すると、蒼は、ついに考太《こうた》の木刀を抜いた。凄《すさ》まじい気迫で、蒼は木刀を振るった。

　誰も、蒼に敵う者はいなかった。蒼は、重い木刀で鮮やかに斬り込み、足軽たちを倒していった。

　アメフト部員たちは丸太で足軽を攻撃し、怯んだ足軽たちに、野球部員たちがバットでフルスウィングを決めていく。

　犠牲を出しつつも、足軽たちをなぎ倒しながら、蒼たちは、徐々に櫓門に近づいていった。ついに蒼は駆け出し、思いっきり櫓門を押した。

　一之曲輪《いちのくるわ》に向けて、とうとう櫓門が開いた。無我夢中で、蒼は、すぐさま一之曲輪へ向けて駆けこんでいった。そのあとを、萬次郎と黒川も追った。

　ドローンであらかじめ確認してあった遥たちが捕らえられている牢屋へ向けて、蒼は必死に駆け抜けた。ようやく見えてきた牢屋からは、両手を縛られた遥たちが、あの木下藤吉郎によって連れ出されていくところであった。

「遥っ！」

「蒼ーっ!!」

「敏晃《としあき》ぃっ！」

　丸根砦の主力は、今駆け抜けてきた二之曲輪《にのくるわ》に集まっている。だから、この牢屋の周辺にはわずかの兵しか残っていなかった。だが、誰もが鋭い槍を構えている。

　たった三人しかいない蒼たちCチームだったが、それでも遥たちを救おうと、懸命に戦った。蒼の木刀が何人もの足軽を倒し、腕力のない萬次郎も、必死に消火器を振りまわして敵に叩きつけた。黒川も、鋭いパンチを何発も敵に浴びせている。

「あさみっ！」

　やっとのことで、黒川は、恋人のあさみを背中に庇うことができた。黒川と一緒に、蒼と萬次郎も必死に戦い続けている。

だが、その時だった。突然、遥の悲鳴が響いた。

「はなしてぇっ！」

急いで振り返ると、混乱に乗じて、あの藤吉郎が、遥を引きずって逃げようとしているところだった。蒼たちは知らないが、彼ら現代からやってきた人間の持っている情報を、織田信長は欲している。未来の豊臣秀吉《とよとみひでよし》となるこの藤吉郎は、信長の命令を最優先に動いており、人質を一人だけでも確実に連れ帰ろうとしているのだ。

だが、牢屋まわりに控えていた足軽は、まだ残っている。仲間と協力して戦っている蒼は、すぐには遥を追うことができなかった。

「くっ……！」

ひ弱な萬次郎が、勇気を奮《ふる》って、慶子を守って消火器で戦っている。消火液が白く舞い上がり、蒼は、あわてて木刀で打ち込んで残った足軽を倒した。

「……っ」

気がつけば、牢屋まわりの足軽たちは全員倒れていた。最後の足軽を倒したことを確認すると、蒼は、連れ去られた遥を追って走り出した……。

「──敏晃！」

敵がすべて倒れたあとで、あさみは、自分を救い出してくれた恋人の黒川の背中に、ぎゅっと抱き着いた。あさみを抱きしめ返した黒川も、険しい顔を少し緩め、優しく微笑んだ。

「よかった！　大丈夫？」

黒川にも、大きな怪我はないようだ。互いの無事を確認し、あさみは嬉しげに頷いた。思わず恋人のあさみにキスしようとした黒川の頰《ほお》を、あさみが両手で挟んで止めた。

「ダメ！」

「あさみぃ……」

黒川らしからぬ情けない声を上げた恋人に、あさみは苦笑して首を振った。

「見てる」

その視線の先には、慶子を縄から解放している、萬次郎の姿があった。黒川やあさみと目が合い、萬次郎は、あわてて俯《うつむ》いた。萬次郎は、慶子の縄をなんとか解いた。

「よしっ。……あっ！」

ふいに、萬次郎が叫んだ。その声に、慶子は心配そうに萬次郎を見つめた。

「どうした……？」

「いたたたた……！　う……、うっ！」

痛そうに顔をしかめていた萬次郎が、ふいに声を上げた。それと同時に、彼の右手から、手品のように赤い花が飛び出した。それは、救出作戦に出発する前に萬次郎が用意していた花だった。その小さな赤い花を、萬次郎は、慶子に差し出した。

「あ……。こ、これ、あげる」

「……え？」

きょとんとして首を傾《かし》げた慶子に、戦っていた時と同じくらい緊張しながら、萬次郎が言った。

「いつも……、試合、見てます」

——ずっと、薙刀《なぎなた》部の慶子に、これが言いたかった。

戦国時代に来てしまった萬次郎が、死を覚悟して一番後悔したのが、このことだった。どうして、ずっと好きだったのに、伝えられなかったのだろうと、萬次郎は悔やみ続けていた。だから、彼女がさらわれたと知った時、絶対に助けに行こうと思っていたのだ。今度は、後悔しないように。

すると、萬次郎の命を懸けた想いに気づいてくれたのだろうか。萬次郎の赤い花を受け取り、慶子は、その花以上に綺麗《きれい》な笑顔を浮かべた。

「……ありがと」

＊＊＊

一方、星徳学院高校では、生徒たちがせわしなく走り続けていた。霊石《れいせき》に誘雷線《ゆうらいせん》をめぐらせる作業はもう終盤に入っていたが、救出部隊が戻らないのだ。

それでも、残った生徒たちは、帰るための努力を続けなければならない。

見上げれば、遠くの空にはどんどん重い黒雲が連なっていく。生徒たちを仕切って、久《く》坂《さか》が叫んだ。

「引っ張って、引っ張って！」

「大丈夫!?」

学校中のケーブルをかき集めても、霊石と時計台をつなぐには、ギリギリの長さしかなかった。うまく誘雷線は届くだろうか――いや、なんとしても、届かせなくてはならない。

なんとか工夫を重ね、久坂の指示のもと、雷のエネルギーを霊石に引き寄せる誘雷線が結線していった。

「もっといける!?」

「もっと、もっと!!」

生徒たちは、激しく声をかけ合い、作業を続けた。

＊＊＊

蒼は、遥を追って、三之曲輪《さんのくるわ》に入り込んでいた。全力で斜面を駆け下りながら、蒼は、トランシーバーに声を投げた。

「聞こえるか？　藤岡っ!!」

『……なんとか！』

荒い息遣いで、藤岡の声が返ってきた。藤岡たちのいる二之曲輪《にのくるわ》では、まだ死闘が続いているようだ。もうこれ以上誰も失いたくない。蒼は、トランシーバーに叫んだ。

「人質は遥だけだ。みんな、来た道を戻ってくれ！　残り二十分！」

『了解！』

トランシーバーによる通信を終えて、蒼は、必死に走り続けた。

「遥ぁ──っ!!」

遥を追って、蒼は砦内を走り続けた。三之曲輪には、大手門《おおてもん》が設けられていた。どうやら、木下藤吉郎は、あの大手門の向こうを目指しているようだった。

「……蒼!? 来ちゃ、ダメぇっ!!」

そう声を上げた遥を脅すように、藤吉郎が刀を突きつけた。

「大人しくしろ!」

遥を連れて、藤吉郎は強引に走り出した。それを追って、蒼もさらに駆けた。大手門をくぐり抜けると、そこには、待ち構えていたように、長い槍を持った黒い甲冑の武者たちがズラリと控えていた。

「!!」

蒼は、ぎょっとして息を呑んだ。

この不気味な黒い甲冑には、見覚えがある。これは――星徳学院高校を襲った、あの謎めいた武将、簗田政綱の軍勢だ。

黒い鎧武者たちに囲まれ、蒼は、必死に木刀を構えた。けれど、蒼や遥を追いかけてきてくれた黒川たちもろとも、すぐに囲まれてしまった。

三十人ほどはいるだろうか。その黒い甲冑に身を包んだ精鋭部隊たちの後ろから、ゆっくりとあの簗田政綱が現れた。

「――さあ、どうする? ……生徒諸君」

「！」

その言葉にハッとして、蒼は、簗田の顔を見た。女性のように整った現代的なその顔を見て、蒼は確信した。今まで感じていた、すべての違和感がつながったように思えた。

……この戦国時代には、蒼たちの来訪を可能性の一つとして予想し、備えている者がいたのだ。でなければ、こんなにも用意周到に蒼たちが襲われることはなかったはずだ。

そして、そんなことができる人間は、蒼たちのように、時間移動《タイムスリップ》というあり得ない現象を経験してこの時代に訪れた未来人しかいない。

気味の悪い笑みを浮かべている簗田に、蒼は木刀を向け、震える声でこう叫んだ。

「最初から、ここで終わらせようって作戦だろ！」

「正解」

蒼たちの恐怖を楽しむように、簗田は頷いた。簗田の率いる黒い鎧武者たちには、油断も隙もなかった。長く鋭い槍を構え、簗田軍勢の兵たちが、じりじりとにじり寄ってくる。

そこへ、藤岡と緒方も駆けつけてきた。

「――！」

二人は、蒼の指示に従わずに追いかけて来てくれたのだ。だが、藤岡と緒方もあっという間に簗田軍勢に囲まれ、為す術もなく息を呑んだ。

「……延長戦か」

「藤岡さん……」

二人は背中を合わせ、手にしたグローブを握りしめた。武器は乏《とぼ》しいが、諦めるわけにはいかない。最後まで、戦い続けるしかないのだ。

かつて通っていた高校の生徒たちを眺め、やがて、簗田が叫んだ。

「やれ！」

その号令と同時に、漆黒《しっこく》の鎧武者たちが、一斉に満身創痍の蒼たちに向かって襲いかかってきた。

「っ――!!」

四方八方から、槍が突きつけられる。死を覚悟し、蒼は目を瞑《つむ》った。だが、その時だった。自分たちに槍先を向けていたはずの簗田軍勢が、ぎょっとしたように動きを止めた。

「……？」

驚いて蒼が目を開けると、目の前の鎧武者が、弓矢に射られ、崩れ落ちるところだった。しかし、藤岡や緒方以外の救出部隊は、蒼の指示に従って高校へと戻ったはずだ。いったい、誰が……。

「敵襲――!!」

簗田のそばに控え、遥を捕まえている藤吉郎が、そう叫んだ。蒼は、藤吉郎の目線の先を追った。

そこには、なんと——蒼たちを陽動に使い、大高城へと兵糧入れをしていたはずの松平家の精鋭部隊が立っていた。錦《にしき》の陣羽織に身を包み、赤い鎧を身に着けた、あの雄々《おお》しい松平元康たちだ。元康は、黒い馬に乗り、仲間を率いてこちらへ近づいてくる。

蒼は、夢じゃないかと思った。その蒼に向かって、まっすぐに、元康は優しい笑みを見せた。

「待たせたの！」

遠く未来を見通すようなキラキラと光る瞳でそう言うと、元康は、さっと馬を下りた。そして、目にも鮮やかな手つきで抜刀し、こう叫んだ。

「——加勢致《いた》す!!」

それは、戦場中に響き渡る、勇敢な声だった。元康の勇気に満ちた声に背中を押されるように、元康たち松平家の精鋭兵たちが、漆黒の簗田軍勢へと斬り込んでいった。

元康を含め、松平家の誰も彼もが素晴らしく強かった。乱戦が始まり、蒼は、残った力を振り絞って木刀を振るった。駆けつけてくれた黒川たちも、懸命に戦った。あさみを守る黒川は、槍を素早くかわして敵を押し倒した。萬次郎も必死に敵に抗《あらが》い、それを援護するように、転がっていた槍を拾って手に取った慶子も戦った。

「やぁっ――――！」

「おらぁぁっ！」

藤岡と緒方も、金属バットを振り、硬球を投げて戦った。大切なものを守るために命を懸け、未来を切り拓《ひら》くのだ。

元康の側近を務める本多正信も、激しく刀を振るって、幾人もの簗田軍勢を斬り伏せた。松平家の精鋭兵は恐ろしいほどに強く、あっという間に、元康は蒼のそばまで駆けつけた。蒼が戦っていた鎧武者をさっと斬ると、蒼に頷き、元康は、静かに『進め』と促《うなが》した。

この先で、蒼の運命《さだめ》がきっと待っているのだ。蒼は、懸命に駆け出した。その背を守るように、元康は、鮮やかに陣太刀《じんたち》を振るい始めた。鬼神のような強さを誇る正信も、そばに駆けつけている。元康に威圧されたかのように、簗田軍勢たちはたじろぎ始めた。

一方、蒼の視線の先では、遥を連れて、簗田と藤吉郎が去っていくところであった。

「……！」

さらに激しく、蒼は走った。

簗田軍勢に囲まれながらも、黒川は一心不乱に拳《こぶし》を繰り出し、怯えているあさみを庇って戦っていた。何人かは倒したが、まだまだ、敵の数は減らなかった。

そのそばで、萬次郎たちも戦っている。しかし、萬次郎の持っていた消火器も、ついに中身が尽きた。驚いている萬次郎を守るように、慶子の槍が閃いた。

「やぁっ――――！」

振りかぶった慶子に襲いかかった鎧武者を、萬次郎が、消火器で殴り倒した。

「うりゃぁっ!!」

萬次郎と慶子は、肩を寄せ合って、次の襲撃に備えた。

萬次郎たちとは少し離れたところにいる、あとから駆けつけた野球部の藤岡たちも、必死に戦っていた。

「おうらぁあああ!!」

簗田軍勢に投げ飛ばされ、緒方が地面に倒れ込んだ。

「緒方っ！　……おらぁあああ！」

なんとかバッテリーを組む緒方を助けようと、限界を超えた腕で、藤岡は硬球を投げ続けた。爪はすでに割れ、右手は血だらけだった。

「……くそ！」

使い物にならなくなりつつある右手をにらみ、藤岡は舌打ちをした。その藤岡に、助けられた緒方がしがみついた。

「やめて！」

しかし、緒方の制止に構わず、藤岡は懸命にボールを投げ続けた。

「緒方、諦めるな！」

「やめてくださいっ!!」

「みんなのために帰るんだよ!!　おりゃあああ——!!」

「……っ！」

藤岡の気迫に応《こた》えるようにして、緒方も硬球を摑《つか》み、簗田軍勢に向かって投げつけ始めた。

元康は、次々に簗田軍勢を斬り伏せていった。元康に背後を守られながらも、蒼も必死に木刀を振るった。

混戦の中、蒼の視線の先には、連れ去られる遥の姿があった。

「蒼ぃっ！　来ちゃダメぇ——!!」

泣き叫ぶ遥の声に、蒼は駆け出した。敵の槍が鋭く繰り出され、なんとかそれをかわしながら蒼は駆けた。

「遥ぁっ!!」

まっすぐに遥に向かって、蒼は飛び出した。誰も、そばにはいない。蒼一人だった。

その蒼を、――点火された火縄銃が、静かに狙っていた。

我を失って飛び出した蒼を見て、元康が、焦ったように駆け出してきた。

その瞬間だった。

火薬音が激しく鳴り響き、蒼を助けようとした元康の胸に、――火縄銃の弾丸が命中した。

「！」

ぎょっとしたように動きを止め、元康は、目を見開いた。蒼を守ろうとして伸ばされた元康の手が、力を失う。元康は、ゆっくりと地面に崩れ落ちていった。

……蒼を庇い、火縄銃で撃たれてしまったのだ。

「お、お、おいっ……」

蒼は、動揺の声を上げた。そして、震えながら倒れた元康を抱きしめた。

……元康を火縄銃で撃ったのは、あの簗田だった。元康が致命傷を負ったことを確認すると、簗田は、わずかに顔をしかめたあとで、こう呟いた。

「元康をやったか……。それはそれで、面白いが」

「簗田様……」

火縄銃を撃った簗田の横顔を、藤吉郎が呆気に取られて見つめている。その隙を見て、遥がハッと顔を上げた。遥は、すぐさま藤吉郎に体当たりを食らわせた。

「うっ!?」

藤吉郎が倒れ込むのと同時に、遥は、蒼のもとへと向かって走り出した。

一方の蒼は、呆然《ぼうぜん》としたまま、倒れた元康を、じっと見つめていた。力なくうなだれていたはずの元康が、顔を上げて、蒼の瞳を見つめた。蒼もまた、見開いた瞳で、元康を見つめ返した。

「……」

元康は、悲鳴どころか、呻き声一つ、上げなかった。ただ、自分の身に起きたことを悟り、そして、為すべきことを知った。元康は、持っていた総大将の証《あかし》である陣太刀——松平家を率いる者が持つその特別な刀を逆手に返すと、蒼に差し出した。思わず蒼は、朝顔柄の手拭いが巻かれた手で、その重い運命の宿った陣太刀を受け取っていた。

「……頼むぞ、蒼」

そう強く告げると、元康は、ゆっくりと瞼《まぶた》を伏せた。

「お、おいっ……!!」

「殿ぉっ――――！」

悲痛な呼び声を上げ、元康の側近の正信が駆けつけてきた。正信に構う余裕もなく、蒼は叫んだ。

「ちょっと待ってよ……！　あんたは、死んじゃいけないんだよ！」

「元康さま!!」

「歴史が変わっちゃう！　……俺たちが戻る未来が、なくなっちゃうんだよ!!」

目を閉じてもう動かない元康を見つめ、蒼は動転し、涙を流した。逃げ出してきた遥も駆け寄ってきて、なにが起きたかを悟ると、目を見開いた。泣いている蒼と、その手の中にある元康の陣太刀を、正信はじっと見つめた。


「――こっち来い!!」

黒川に庇われ、隠れていたあさみが、ついに簗田軍勢によって発見されてしまった。あさみは、男たちに引きずり出された。

「やだ！　はなして!!」

「あさみっ!!」

　駆けつけた黒川は、簗田兵をあさみから引き離して、右ストレートで倒した。だが、すぐに背後から現れた、別の簗田兵が、黒川の背中を深く斬りつけた。

「いやぁっ……！」

　目を見開き、あさみは悲鳴を上げた。しかし、斬られたはずの黒川は、すぐには倒れなかった。黒川は、敵へと向かって振り返った。

「俺の女に……、手ぇ出すんじゃねえ!!」

　黒川は、最後の力を振り絞って、渾身のアッパーカットを敵に食らわせた。しかし、その衝撃で、黒川の背中の傷からは、血が噴き出した。

「敏晃っ……！」

　黒川は、ついに地面に膝をついた。その黒川を、あさみが必死に抱きかかえた。黒川の背中からは、大量の血が流れ出ていた。

「敏晃！　やだよ、死んじゃやだよ！」

「なあ……、あさみ？　……ダメかな」

　黒川の問いに、あさみは必死に首を振ると、そっとその唇にキスをした。黒川は、霞む目を微笑ませた。

「……サイコー……」

満足げにそう言って、黒川は目を閉じ、倒れ込んだ。

「やだ……！　やだ！　……ねえ!!　敏晃!!　やだよ――っ、やだっ！」

泣きながら、黒川の身体をゆすったが、もうその闘志に満ちた目が開くことはなかった。

藤岡と緒方も、追い詰められ、最後の言葉を交わしていた。

「……緒方、わりい。……最後の一球だ……」

「藤岡……、さん」

こちらへとにじり寄ってくる簗田軍勢に向かい、藤岡は、必死に立ち上がった。人生で一番いい一球を投げてやるつもりだった。藤岡は、全身の力を込めて振りかぶった。緒方も、必死で追いすがり、立ち上がって戦おうとした。だが、その瞬間だった。

突然の咆哮が、藤岡たちのそばで響いた。

「……うぉおおおお――!!」

藤岡たちを仕留めようと迫っていたはずの簗田軍勢が、一斉に吹っ飛んだ。タックルを決めたのは、佐野たちアメフト部員たちだった。彼らもまた、逃げずに駆けつけてくれたのだ。なんとか死闘を生き残った成瀬も、合流している。

佐野が、こう叫んだ。

「鉄男が救ってくれた命——、俺がつなげる！　レディ!!」

すでにボロボロで満身創痍になっているはずのアメフト部員たちが、気合いを込めて顔を上げる。佐野は、叫んだ。

「セット!!　……ハット!!」

残ったたった四人のアメフト部員たちが、最後の力を振り絞り、簗田軍勢にタックルした。簗田軍勢は、その気迫に、一気に押し込められた。

傷だらけの成瀬も、藤岡と緒方に支えられながら、立ち上がった。

「行けぇっー!!」

「生きるぞ——!!」

誰も彼もが涙を流しながら、それでも懸命に戦い、生き抜こうとしていた。

簗田は、死んでいる兵の刀を抜き取ると、味方の簗田兵を斬って、その槍を奪った。それを見て、藤吉郎が叫んだ。

「お待ちください！　なにをっ……」

簗田は、松平家の兵を、味方の兵ごと槍で斬り殺した。そして、そのまま、兵舎の奥へと向かう。

「簗田さまっ……！」

藤吉郎は、困惑しながらも、主君である信長の命令を守り、簗田のあとを懸命に追った。


簗田の起こした異常な行動を見て、遥は、縄を自分で解きながら、あわてたように蒼に向かって叫んだ。

「蒼！　簗田ってあいつ、一年前、行方不明になったうちの生徒……！　先に、こっちの時代に来て……。信長や秀吉を利用して、歴史を変えようとしてる！　どうするの……!?」

しかし、遥にそう言われてもなお、蒼は、死んでしまった元康の亡骸を見つめていた。元康の側近たちも、泣きながら、主君の姿を見つめている。

遥の視線に、やっと、蒼がポツリと呟いた。

「……雷が落ちるまで三時間。遥は、先に学校に戻って」

「っ……!?　蒼は？」

「あいつを、止めなきゃいけない」

「わたしも、一緒に戦う！」

「必ず！　……必ず、あとで追いかけるから、遥は生き残ったみんなを頼む」

遥の声を遮《さえぎ》るように強くそう言った蒼を見て、遥は、蒼の想いを知った。遥は、蒼の気迫に圧されるように、こくりと頷いた。

「……わかった」

元康から授かった陣太刀を握り直し、蒼は、元康の亡骸を見つめた。もう、遥《はる》かな未来を見通すあのキラキラとした美しい瞳が開かれることはない。なら――蒼は、蒼の運命《さだめ》を果たすだけだ。そう決意し、蒼は走り出した。その背中を、遥と、そして、元康の側近の正信が、見送っていた。

簗田が入っていった兵舎の位置はわかっている。蒼が走り込んでいくと、おぞましい十文字槍を手に、ゆっくりと簗田が現れるところだった。

「五百の城兵が、ほぼ全滅かぁ……。さすが現代人ってことなのかねぇ？」

不気味にそう呟き、簗田は余裕の笑みを浮かべている。その簗田を守るように、藤吉郎が刀を蒼に向けて叫んだ。

「おのれぇ……！　信長様の人質をっ！」

「なにをするつもりだ⁉」

そう言って、蒼はじっと簗田を見つめた。すると、黒い十文字槍と陣羽織を置き、簗田はニヤリと笑った。

「……おまえを待ってたんだよ」


丸根砦の兵たちが全滅し、戦いの終わった戦場を駆けまわり、遥は叫んだ。

「あと、三時間しかない！　早く戻って！」

傷ついた身体を支え合いながら、高校へ戻ろうと、生き残った救出部隊の仲間たちは顔を上げた。慶子や萬次郎も、なんとか立ち上がった。

しかし、黒川の亡骸に縋りつきながら、あさみは今もなお泣き崩れていた。遥は、あさみのもとへと駆けつけて叫んだ。

「あさみ！　あさみ……っ！」

「やだ！」

「あさみっ‼」

「行きたくないっ！」

「甘ったれんな！」

「やだぁっ！」

号泣しているあさみを抱きしめて、遥は、その瞳を強く見つめた。そして、黒川の亡骸から、形見として、ボクシングのグローブを外した。あさみを守るために何度も振るわれた黒川の右手は、ボロボロだった。その手を黒川の胸にそっと置くと、遥はあさみを抱え起こした。

「立って！　……立って!!」

泣いているあさみを力強く引っ張って、遥は城門を目指した。傷だらけの成瀬を抱えて、藤岡たちや萬次郎たちも、協力して丸根砦を脱出した。

「気をつけて」

「早く！」

遥はあさみを抱きかかえ、アメフト部は慶子と他のメンバーが支え、蒼以外の生き残った全員が、丸根砦から逃げ出すことに成功した。

「急いで！」

そう叫んで仲間たちを鼓舞したあとで、祈るような瞳で、一人遥は振り返った。

「――元康が死んだんだぞ。……生徒を殺して、徳川家康《とくがわいえやす》を殺して、この国の歴史はどうなる？」

蒼は、簗田をにらみつけながら、強くそう言った。簗田は、笑いながら藤吉郎の肩に手をかけ、他人事《ひとごと》のように冷たく答えた。

「もとには戻らないよねぇ。おまえたちの帰る先は、……ただの闇《やみ》だ」

「ふざけるなっ！」

怒りに震え、蒼がそう叫んだ。

すると、その時だった。簗田は、ふいに藤吉郎の懐刀を抜くと、そのまま彼を突き刺した。

「ぐわぁっ……！　……簗田、さ、ま……！　うぅっ！」

驚いたように簗田を見上げると、藤吉郎は、呻き声を上げて地面に倒れ込んだ。刺された刀を摑んだまま、藤吉郎は目を閉じた。それを見て、簗田はさらに笑った。

「こいつは、豊臣秀吉だ。ほら、また未来が変わったぞ……」

簗田は――日本という国の歴史を、たった一人でひっくり返そうとしている。このままにしておけば、蒼たちのいた時代は滅茶苦茶になる。この男は、必ずここで倒さなければならない。そう悟り、蒼は、決意の瞳で、元康から授かった陣太刀を握り締めた。それを見て、簗田も、ゆっくりと十文字槍を構えた。

戦《いくさ》が終わり、どこからか火の手が上がったのだろうか。煙がくすぶる中、二人はじっとにらみ合った。

十文字槍を払い、蒼は、元康の陣太刀を振り下ろした。しかし、あっさりとそれをかわし、簗田は、槍先を蒼に向けた。武器の長さが違う。どんなに速く蒼が動いても、それより先に、あの十文字槍の刃は蒼に届くだろう。

振り下ろされた十文字槍を、蒼は元康の陣太刀で受け止めた。

「このくだらない世界を、誰かが壊せと言っている。……おまえにも、聞こえるだろう?」

十文字槍を辛《かろ》うじて止めて震えている蒼を、簗田は思いきり蹴り上げた。陣太刀が蒼の手を離れ、地面に転がった。

簗田は、丸腰になった蒼の背中を槍尻《やりじり》で強引に叩くと、すぐさま槍を返し、槍先を首もとに突きつけた。蒼は十文字槍の柄を両手で握ってなんとか止めたが、徐々に刃が首に食い込んでいく。

「い……っ!」

「……痛いか？」

簗田は、嬉しそうに笑い、十文字槍を振りまわして、蒼を地面に吹っ飛ばした。

「生きてるって、実感が湧くだろう？」

ジリジリと、簗田の槍先が、蒼に迫る。簗田が十文字槍を力を込めて振るい、蒼の額が斬りつけられた。苦しむ蒼にトドメを刺そうと、簗田が振りかぶった、その瞬間だった。

簗田の顔の前を、一本の矢がかすめた。その矢は、簗田のそば近くへと突き刺さった。

眉間《みけん》の皺《しわ》を深く寄せた簗田が振り返ると、そこには、弓矢を構えた遥がいた。

「――はなれろっ！」

次の矢をつがえ、遥は、簗田を狙った。

「遥っ……！」

遥は、次々に矢を放った。だが、遥の放つ弓矢を簡単に避け、簗田は、ゆっくりと彼女へ近づいていった。

「……！」

痛みに耐えながらも、蒼は必死に立ち上がった。その蒼の目の前で、簗田は悠然と十文字槍を振りまわした。簗田の槍先に矢が弾かれ、遥の攻撃はかわされた。ついには簗田は遥のそばまで近寄り、遥の弓は、あっという間に手から払い落とされてしまった。

「！」

すかさず、簗田は槍尻で遥の顔を殴りつけ、体勢を崩した遥の太腿《ふともも》に十文字槍を突き刺した。

「遥ぁ――!!」

蒼は絶叫した。簗田は遥の傷口から十文字槍を引き抜くと、ニヤリと笑った。あざ笑うように振り返り、簗田は蒼に向かってきた。

「美しいねぇ……」

「――絶対に、倒す！」

そう叫ぶと、蒼は、取り落としていた元康の陣太刀を拾い上げた。痛みをこらえ、全力を込めて、蒼は簗田に斬りかかった。蒼の振るう陣太刀と簗田の十文字槍が幾度もぶつかり合い、激しい接戦に火花が散った。蒼の陣太刀を簗田が槍で受け、鍔迫《つばぜ》り合《あ》いになる。

間近でにらみ合った蒼の瞳を見て、簗田は呟いた。

「良い瞳《め》だなあ……。それは、人殺しの瞳だ」

簗田は十文字槍を振りまわし、避けた蒼を強引に捕まえると、地面に投げ飛ばした。諦めずに立ち上がった蒼は、簗田に鋭く斬り込んだ。簗田の右手から、パッと鮮血が散る。

「！」

簗田が、目を見開く。蒼の陣太刀が、初めて簗田の右手を斬ったのだ。だが、なぜだろう。嬉しそうに、簗田は流れ出る自分の血を見つめた。

「……おまえも、こっち側の人間か」

蒼の腹を槍尻で強く突き、簗田は、蒼の胸ぐらを掴み上げた。

「俺と一緒に歴史を塗り替えないか？」

そう囁《ささや》くと、簗田は、蒼を乱暴に地面へと叩きつけた。元康の陣太刀が、再び蒼の手を離れた。

蒼は、目を見開いた――簗田は、知っているのだ。蒼が、目の前の現実に失望することしかできない、簗田の同類だということを……。

動揺しながらも、蒼は必死に元康の陣太刀を握りしめた。

「……確かに俺は、希望とか、将来とか、実感湧かない。いつも、わかりやすい将来しか、想像できない。……って思ってたけど、この時代に来て、あんたにはないものを見つけたよ。守りたいと思う、大切な――仲間だ!!」

自分は、簗田とは違う。絶対に違う！　全力で駆け出し、蒼は陣太刀を振るって簗田に飛びかかった。蒼の太刀を十文字槍で受け流し、簗田は嘲笑《ちょうしょう》した。

「……仲間？　道徳の時間かよ？　大切な仲間……、くだらない。本当に全部くだらない」

だが、簗田の声は、もう蒼を絶望させることはできなかった。蒼は、この戦国時代に来て、やっとわかったのだ。あの高校での生活が、幸せだったことを。あそこには、確かに仲間がいたことを――！

誰よりも信じている遥と考太の声が、蒼の脳裏に響いた。

『信じてみればいいのに。自分のこと、もっと……』

遥が、祈るように、自分を見つめている。

考太が、蒼の中で笑っている。大切なものを守るために死んでしまった考太は、いつも蒼に笑いかけてくれていた。救出部隊に参加することを決めた蒼に強く頷き、一緒に頑張った。考太は、いつだって蒼を応援してくれていた。

『俺は……、自分の力を信じる』

あの元康もまた、蒼を守ろうとして命を落とした。元康は、会ったばかりの蒼の中に、大切ななにかを見出してくれていた。

『――己が命を懸ける時、それは……、守るべき者のために、一所懸命じゃ。……よく考えろ。お主《ぬし》がなにを信じて、光となるのか……』

蒼の立てた計画を信じ、救出部隊の仲間は、大切な人を救うため、ついてきてくれた。その最中《さなか》、死んでいった者もいる。だからこそ、蒼は、ここでこの簗田という男に負けるわけにはいかないのだ。

「うぁあああああ!!」

簗田と対峙《たいじ》した蒼は、鋭く振るわれた十文字槍をかわして、元康の陣太刀に力を込めてその柄を叩き斬った。簗田の十文字槍は、真っ二つに折れた。

「はっ――――!」

蒼は、簗田に激しく突っ込んだ。折れた十文字槍を捨てた簗田は、腰に差していた太刀を抜いた。ともに戦った仲間たちの魂《たましい》が乗り移ったかのように、蒼の動きが鋭く速くなっていく。簗田を吹っ飛ばすと、蒼は叫んだ。

「一所懸命って、知ってるか!?」

ゆっくりと振り向き、簗田は、太刀を構えた。一瞬の静寂の中、二人はにらみ合った。簗田は、殺気に満ちた太刀で蒼を狙い、突っ込んできた。蒼は、素早く簗田の攻撃をかわし、その首すじを一刀のもとに斬りつけた。

「……!」

血を流しながらも、簗田は、蒼の瞳をにらんだ。崩れ落ちようとする簗田に、蒼は、こう続けた。

「命を懸けて大切な人を守る、――覚悟のことだ!!」

もう一度陣太刀を振りかぶり、蒼は、渾身の力を込めて、簗田を斬り伏せた。とうとう、簗田は体ごと地面に崩れ落ちた。——死んだのだ。

肩で息をしていた蒼は、簗田の死を確認すると、すぐさま遥のもとへ駆けた。

「——遥っ！」

「……蒼!?　よかった……!!」

「急ごう、もう時間ない！」

遥に肩を貸して遥を抱き起こすと、蒼は、懸命に走り出した。

一方、星徳学院高校では、とっくに誘雷装置は完成し、仲間たちの帰還を待っていた。すでに、時計台の上には黒雲が集まり、遠くでは落雷の光が見えている。

残った生徒たちを指揮していた久坂が、みんなを気づかうように声をかけてまわった。

「大丈夫？　下がってて、もしも落ちた時、危ないから……」

すると、その声の途中で、校内に雷が落ちた。恐ろしいほどの雷鳴に、生徒たちの悲鳴が上がった。久坂は叫んだ。

「来てる、来てる、来てる、来てる！　来てる……、来てるよ！」

「……あそこに雷が落ちるんだよ」

サトシが、不安そうな女子生徒にそう説明をする。久坂は、せわしなく何度も腕時計を確認した。

「早く帰ってこないと……！」

その時だった。正門の方から、『帰ってきた!!』という声が上がった。歓声が上がり、残った生徒たちは、飛び上がって喜んだ。満身創痍の成瀬たち救出部隊や、救い出された慶子たちが、次々に中庭に到着し始めた。

「みんなぁっ……！」

「よかった……!!」

駆け寄ってボロボロの救出部隊と人質たちを抱きしめ、生徒たちは何度も喜びの声を上げた。だが、帰ってこなかった者もいる。それを知りながら、なおも、誰も彼もが熱い涙をこぼしていた。

蒼と遥は、松平家の軍勢に借りた元康の駿馬《しゅんば》で、星徳学院高校を目指して走っていた。

さすがに元康の馬は足が速く、二人は、なんとか落雷前に正門にたどり着くことができた。

「遥……！」

蒼は先に馬を下り、太腿に大怪我を負っている遥を支えて下ろした。蒼は、痛みをこらえている遥の顔を覗き込んだ。

「……大丈夫？」

遥を連れてグラウンドに立ち、蒼は、ホッと安堵《あんど》の息を吐いた。

「間に合った……」

そう呟いた蒼の腕を、遥がぎゅっと掴んだ。

「帰るからね！　一緒に」

「え……？」

「とぼけないで。なんでもわかるの。……残るつもりでしょ」

強く、遥がそう言う。遥は、無理やりにでも蒼を促そうとした。いつも、そうしていたように。……しかし、蒼は黙ったまま、そっと遥の手を振りほどいた。

「……歴史を、もとに戻さないと」

「絶対に、嫌！」

「不破《ふわ》がこっちに来たから、俺たちが呼ばれたんだ。あいつが滅茶苦茶にした歴史をもとに戻さないと……、遥たちが戻れない」

「だったら、わたしも残る！」

「！」

「蒼……！」

遥の言葉に、蒼は胸が詰まった。遥と一緒にいられたら、つらいことも、つらくなくなるかもしれない。遥への想いがあふれ、愛《いと》おしさに、胸がひどく傷《いた》んだ。

ずっとそばにいたかった。離れたくなんかなかった。

けれど、遥をこの戦国時代に残せば、どれだけの危険が彼女を襲うかわからない。蒼自身ですら、生き抜けるかどうかわからないのだ。そして、蒼の目的は、生き延びることではない。歴史を、もとに戻すことなのだ。それが、どれだけ難しいことなのか、戦国時代をよく知る蒼にはわかっていた。このまま遥と一緒にいたら、きっと蒼は心から後悔することになるだろう。かけがえのない大切なこの少女には、現代で、平和に生きてほしかった。

だから、蒼はゆっくりと振り向き、遥に首を振った。

「……ごめん。遥」

「！」

遥は、目を見開いて、蒼を見つめた。

蒼の気持ちは、もう揺らぐことはなかった。遥には、いつでも笑っていてほしかった。遥が――なによりも、蒼にとって大切な存在だから。

だから、蒼は、この時代に残って、命を懸けるのだ。

蒼は、左手の傷に巻いた朝顔柄の手拭いに、そっと触れた。

「……これ、もらってもいいかな」

遥は、蒼と、蒼の手に巻かれた朝顔柄の手拭いを見た。

「やだ……。二人で弓道始めた時、蒼がくれたんでしょ？　地味で、センスなくて。……でも、わたし、好きなの……。大好きなの！　……だから返して！」

それは、遥の、精いっぱいの告白だった。ずっと前から胸に抱えてきた、宝物のような想いだった。遥の瞳には、大きな涙の粒が溜まっていた。蒼は、その涙が、とても綺麗だと思った。遥に近づいて、蒼は、そっとその細い体を抱きしめた。

「……絶対に、大切にする」

「やだよ、蒼。絶対にやだ……っ！」

駄々をこねるように、遥が首を振った。気がつけば、いつの間にか、雷鳴がすぐそこまで迫っている。抱きしめていた遥をゆっくりと離し、蒼は、遥に言った。

「遥……。俺、信じてみることにした」

「え……？」

「本気で、自分自身を信じてみる」

「蒼……！」

遥は、蒼の名前を必死に呼んだ。

それは、遥が蒼に願ったことだった。だけど――、蒼は、遥が思っていたよりも、ずっとずっと力強く成長していた。蒼は、心優しい少年だ。その蒼が、初めて自分を信じて決めたことなのだ。蒼の固い決意が、守ろうという意志が、ずっと一緒に過ごしてきた遥だからこそ、痛いほど感じられた。

遥の頬を、大粒の涙がいくつも伝い落ちていった。遥にも、ようやくわかった。蒼が、なにがあっても遥を一緒にこの時代に残らせてくれないことを。

一生懸命、遥は蒼を見つめた。

「……わかった。……気を、……つけて」

もう遥に、これ以上蒼を引き留めることはできなかった。遥は、唇を嚙《か》み締めて、別れを決めた蒼の背中を見送った。

蒼は、遥からも、通い慣れた校舎からも離れて、元康の馬のもとを目指した。

気がつけば、高校の上空はすでに暗くなっていた。分厚い黒雲が空を覆《おお》い隠し、雷鳴がどんどん近くなっていく。中庭にある誘雷線をたっぷりと巻いた霊石の前では、生徒たちが稲光を見つめ、互いに身を寄せ合っていた。

——次の瞬間だった。

空高くで雷光が輝き、星徳学院高校の中庭へと向かって、落雷が走った。稲光とほとんど同時に、激しく雷鳴が轟《とどろ》く。鼓膜を裂くような轟音《ごうおん》とともに、時計台の避雷針を、稲妻が走り抜けた。

誘雷線ケーブルを伝い、凄まじい閃光が、霊石に向かって走った。雷のエネルギーを受け、霊石から、七色に煌《きら》めく神秘的な偏光が立ち昇った。まるで、オーロラだ。霊石から放たれた光は、徐々に生徒ごと学校中を包み込んだ。

久坂による時間移動の計画は——、仮説を超え、今ここに実現したのだ。

グラウンドでは、元康の黒馬に乗った蒼が、遥と見つめ合っていた。二人の体にも、霊石から放たれたオーロラのような輝きが届く。時が来たのだ。

蒼は、遥を見つめ、静かにこう言った。

「さよなら……」

遥は、蒼に縋りつきたくなるのを必死でこらえ、なんとか笑顔を浮かべた。――蒼には、遥の笑顔を覚えていてほしかった。蒼の中に、笑顔の自分を残したかった。だから、遥は、精いっぱい微笑んで蒼を見つめた。

「……さよなら」

元康の馬を駆り、蒼は、一気に高校の敷地の外へと向かって疾走した。通い慣れた高校の敷地と、蒼がこれから生きていく戦国時代の世界の境界線が、はっきりと目に見えた。この境界線が、蒼と遥を永遠に分かつのだ。

美しい光に包まれて、蒼が去っていく。……なんとかこらえていた遥は、ついに、大好きな少年の名を呼んだ。

「……蒼……っ」

小さくなっていく蒼の背を追う遥の瞳に、またいくつもの涙があふれた。深い怪我を負った足を引きずり、遥は、思わず蒼を追いかけた。

「蒼ぃ――っ……！」

けれど、もう遥の声は、蒼には届かなかった。元康の馬を駆り、蒼は、時空の境界線を越えた。蒼の背中は、白く美しい光の中へと、そっと消えていった。

エピローグ

……戦国時代の世から現代に戻って、どれほどが経《た》っただろうか。あれだけの惨劇《さんげき》があったあとも、生徒たちは力を合わせ、心を寄せ合いながら、なんとか悲しみを乗り越え、日常に戻ろうとしていた。

誰も彼もが笑顔の下で歯を食いしばり、心と体の回復に努める中で、遥《はるか》も、蒼《あおい》や考太《こうた》がいなくなってしまった高校で、必死に今も生きていた。

太腿《ふともも》の傷はまだ癒《い》えず、松葉杖に頼りながら、それでも遥は、現実から逃げることなく、星徳《せいとく》学院高校の生徒として生き続けていた。

その日は、雨が降っていた。

教室の窓際に座って、遥は、雨に打たれている霊石《れいせき》をふと眺めた。あの霊石に、まさかあんな力が秘められていたとは、今でも信じられなかった。何度も奇跡を起こした巨大な霊石は、今や、力を失ったかのような灰色に色を変え、ただ中庭にたたずんでいる。

遥がぼんやりしていると、……まるで運命が報《しら》せたかのように、ポケットの中のスマホが震えた。スマホを取り出してスクロールする遥の手が、ふいに止まった。

「……？」

スマホに表示された情報の中に大切なものを見つけ、遥は、目を見開いた。遥は、スマホの画面を食い入るように見つめた。そこに表示されたニュースには、こう見出しが書かれていた――『「若き日の徳川家康《とくがわいえやす》の肖像画」新たに見つかる？』……と。

その肖像画を目にし、遥は、息を呑《の》んだ。

そこには、朝顔柄の青い美しい着物に身を包んだ、蒼の顔によく似た凛々《りり》しい若武者の姿があった。遥は、まるで時を超えて蒼と再び逢《あ》えたように思えて、じっと肖像画の中の少年を見つめた。

肖像画に描かれた蒼は、どこか遠くを見るような瞳をしていた――それは、あの松平元《まつだいらもと》康《やす》のような、未来を見通すキラキラとした美しい瞳だった。そして、見覚えのある、着物に入った朝顔の柄……。

「……！」

スマホを持つ手が震えた。遥は、肖像画をもう一度真剣に見つめた。美しい青い着物に描かれた朝顔の柄は、遥が蒼の傷に巻いた、あの手拭《てぬぐ》いと同じ柄だった。

……蒼は、ずっとあの遥の手拭いを、大事にしてくれていたのだ。

遥の脳裏に、――永遠の別れの瞬間に聞いた、蒼の声がよみがえった。

『これ、もらってもいいかな……』

蒼は、遥にそう言って、それから抱きしめてくれたのだ。

『……絶対に、……大切にする』

蒼は、あの遥との約束を、守ってくれたのだ。愛《いと》おしさが込み上げ、嬉《うれ》しさに、遥の瞳に涙が滲《にじ》んだ。まるで、肖像画の蒼が、目の前に立っているような気がして――。思わず遥は、蒼が目の前にいた時のように、ぱっと微笑《ほほえ》んだ。

楽しかった。蒼と、考太と、遥の三人でいられた時間が。

……でも、もう戻らないのだ。

遥は、笑顔のまま、歯を食いしばって涙をこぼした。涙があふれて、止まらなかった。

――蒼は、あの恐ろしい戦国時代で、見事に生き抜いたのだ。遥が蒼たちとともに生きた、この現代を守るために。

不思議だった。楽しかった記憶しか、思い出せないのだ。蒼や考太との楽しい思い出がいくつもよみがえり、遥は微笑んだ。微笑みながら、蒼の映っているスマホをぎゅっと抱きしめた。

笑いながら、……泣きながら、遥はそっと、空を見つめた。このどこまでも広がる空を、きっと、蒼も見つめたのだ。――戦国の世で。

＊＊＊

一方、蒼が残った戦国時代では、今なお、絶えることなく合戦が続いていた。その夜も、戦評定《いくさひょうじょう》を控え、かがり火の前で織田《おだ》家の家臣たちが集まっていた。

その中には、あのよく日焼けした愛嬌《あいきょう》のある小柄な若者も交じっていた。――木下藤吉郎《きのしたとうきちろう》だ。藤吉郎は、簗田《やなだ》に刀で刺されたが、奇跡的に軽傷ですみ、なんとか逃げ延びていたのだ。

生き残ったとはいえ、まだ身分の低い藤吉郎が、織田家の陣幕に訪れた客人の武将を案内し、陣中にいる主君である織田信長《のぶなが》のもとへと向かった。信長のまわりには、織田軍の屈強な兵たちが、槍《やり》を構えて控えている。

織田家の木瓜《もっこう》が描かれた陣幕の中へ、美しい錦《にしき》の陣羽織と赤い甲冑《かっちゅう》を身にまとった若武者が現れた。若武者は、見事な仕草で信長の前に膝《ひざ》をつき、頭《こうべ》を垂れた。その隣には、松平家武将のあの髭《ひげ》を生やした本多正信《ほんだまさのぶ》も付き従い、平伏している。

無数の屈強な精鋭兵たちに囲まれた信長は、長い書状に目を落としながら、現れた訪問者にこう告げた。

「――……しばし会わぬうちに、顔つきが変わったか」

試すような信長の声に物怖《ものお》じ一つせず、陣羽織の若武者は、迷いなくこう答えた。

「信長様とともに歩みたいと思い、まいりました。わたしは、まだ脆弱《ぜいじゃく》な小僧。……ですが、貴方様《あなたさま》のもとで、多くのことを学べば、いつの日か、……この国を照らす光となりましょう！」

凜々しい若武者の勇気に満ちた声に、信長は、すっと目を上げた。まだ少年とも呼べる年齢でしかない若武者が告げたその言葉は、信長が目指すものと同じだった。

かがり火が照らす光の中、信長は、客人である若武者を見て、ふっと微笑んだ。

「光……。……よかろう。ふん、良き瞳をしておる。うぬが命、この信長が預かろう」

「は！　ありがたき、幸せ。……では、これより名を捨てたいと」

「ほう？」

眉を上げ、信長は、手にしていた書状を、そばに控えている側近へと手渡した。客人の若武者は、信長の強い視線を受け、力強くこう答えた。

「我が名、元康は、今川義元《いまがわよしもと》より一文字もらった名。これからのわたしには、ふさわしくありません」

「では、なんとする？」

信長の瞳を弓矢で射貫くようにまっすぐに見つめ、客人の凜々しい若武者は、しっかりと顔を上げた。

……いや、それは、ただの若武者ではない。確かにあの普通の高校生でしかなかったはずの西野《にしの》蒼だった。

ただし、もうかつての少年らしい弱さはどこにも見られない。

戦国の世の英雄になる男となった蒼は、己が運命《さだめ》をしっかりと見据え、遥《はる》かな未来を見通すキラキラとした美しい瞳で、信長に——いや、この戦国の世に向けて、力強くこう戦名乗りを上げた。

「我が新しき名は、——徳川家康!!」

※この作品はフィクションです。実在の人物・団体・事件などにはいっさい関係ありません。

集英社オレンジ文庫をお買い上げいただき、ありがとうございます。
ご意見・ご感想をお待ちしております。

● あて先
〒101-8050　東京都千代田区一ツ橋2-5-10
集英社オレンジ文庫編集部 気付
せひらあやみ先生／笠原真樹先生

映画ノベライズ
ブレイブ －群青戦記－

集英社
オレンジ文庫

2021年2月24日　第1刷発行

著　者　せひらあやみ
原　作　笠原真樹
発行者　北畠輝幸
発行所　株式会社集英社
〒101-8050東京都千代田区一ツ橋2-5-10
電話【編集部】03-3230-6352
【読者係】03-3230-6080
【販売部】03-3230-6393（書店専用）
印刷所　図書印刷株式会社

※定価はカバーに表示してあります

ISBN 978-4-08-680368-7 C0193